Moskauer
Tagebuch

本雅明作品系列

莫斯科日记

[德]瓦尔特·本雅明 著

郑霞 译

北京师范大学出版集团
BEIJING NORMAL UNIVERSITY PUBLISHING GROUP
北京师范大学出版社

前言 *

瓦尔特·本雅明的《莫斯科日记》记录了其于1926年12月6日至1927年1月底在莫斯科为期两个月的逗留。就我对本雅明文献的了解情况而言，这部《莫斯科日记》是非常独特的。毫无争议，这是我们所掌握的关于本雅明的一段重要的生命历程的绝对最具个性的、彻底且无情坦白的记录。本雅明的其他一些保留下来的日记形式的记录往往是开了个头没写上几页就停笔了，没有哪一种能与此相提并论，甚至包括他于1932年考虑要自杀时所写的非常个性化的种种讯息。

在此，我们掌握着一份自成一体的、记录了一段

* 此前言译自苏尔坎普出版社 1980 年出版的单行本《莫斯科日记》。除特殊说明外，注释均为译者所注。

对本雅明而言十分重要的生命历程的文献。这段生命历程完全未经审查地——这么说当然首先指的是：未经本雅明本人的审查——呈现在我们眼前。所有迄今为止公之于众的、尚存的、写给各类人物的书信，总是有着一种特定的取向，或许甚至可以称之为倾向，一种对收信人有所顾虑的倾向。所有这些书信都缺失了那么一种维度。这种维度恰恰只存在于毫无保留的、诚实的自我省思与自我交代当中而且恰恰就在此中敞开自身。唯独《莫斯科日记》传达了一些在其他地方未被明确写下来的东西。当然，在这里或那里，比如说偶尔在本雅明的一些格言警句式的暗示里，也有对这些事物的提示，只是，这样的提示始终是谨慎的、"消过毒的"，是经过了自我审查的。而在此处，它们却在其充分、详尽的原始关联中显现了出来。从本雅明写自莫斯科的少数几封留存的书信来看——其中有一封是给我的；另有一封是给尤拉·拉特（Jula Radt）的——此种关联是我们未曾料想到的。

三大要素共同影响了本雅明的莫斯科之行。首先是他对阿丝雅·拉西斯的激情。其次是他想进一步考察俄国社会状况的愿望，或许甚至还希望与此建立某种形式的关联并由此对关于是否加入德国共产党的问题做出决定。这个问题，他已经考虑了两年多。最后，显然还要考虑到踏上行程之前业已接受的写作任务。这些任务要求本雅明汇报莫斯科的城市面貌及生活，即莫斯科的"外在形象"。顺便说一下，一些方面预支的稿费也确实为本雅明在莫斯科的逗留提供了经济上的保障。为此，本雅明日后须撰写与此次行程相关的文章。1927年年初发表的四篇文章就是直接起因于这样的约定，尤其是与布贝尔（Buber）商定的发表在杂志《造物》上的长文《莫斯科》。这篇文章是对《莫斯科日记》中最初的相关记录所做的、往往是大规模的重写，其不可置信的精确性令人惊叹，观察与想象在其中以罕见的强烈程度紧密相连。

日记里有很大的篇幅生动地描写了本雅明与文学界和艺术界的主流人士以及一些有分量的干部交往的尝试，以期建立一种对其自身而言富有成果的联系，而最终这些尝试都失败了。本雅明作为德国文学界与精神界派驻俄罗斯的通讯员谋求建立此类稳固关系的意图失败了。与此同时，日记里，除此之外别无他处，还详细记录了本雅明关于是否加入德国共产党的考虑。对各种利弊的权衡最终导致了彻底的放弃。本雅明认清了界限，他不愿意逾越界限。

行程之初，本雅明对自己与莫斯科的文学圈子建立联系怀抱着乐观的期待，而其后等待他的莫斯科的现实却令其大失所望。期望与失望，两者差异迥然。一封迄今尚未公开的书信代表了他的乐观主义，这便是他于 1926 年 12 月 10 日，在其到达莫斯科仅仅四天之后写给我的一封信。我为此书①的出版提供了此信。这是唯一一封他确确实实从莫斯科写给我的信。至于这些期待最终变成了什么，我们现在可以在其日记的极尽详细的进展中了解到。本雅明逐渐失去了——不过，因此绝没有使人少了分毫压抑之感——此前所抱有的一切幻想。

至于本雅明如何评价其在莫斯科的经历与体验，我们还可以非常明确地在他于回国仅仅三周之后写给马丁·布贝尔（Martin Buber）的一封信里看到（1927 年 2 月 23 日）。在信中，他预告了其为布贝尔主办的杂志《造物》所撰写的《莫斯科》一文即将收尾。在我看来，此处应该将本雅明写于此信中的总结公布出来。他写道："一切理论都将远离我的描述。我将能够，如我所愿，恰恰由此而使造物说话：既然我已同样成功地理解并把握了这种崭新的、令人惊诧的语言，它透过一种完全改变了的环境的声音面具隆隆作响。我要对眼下的莫斯科城做一种描述，在这一描述中'一切事实就是理论'，且这一描述由此而放弃一切推论的抽象，放弃一切预后，甚至在一定界限内也放弃一切评判。我坚定不移地认为，在这种情况

---

① 指《莫斯科日记》单行本。

下，所有抽象、预后、评判完全可能不以精神'数据'为基础，而纯粹从经济事实出发。对此，哪怕在俄罗斯国内也只有极少数的人有足够广泛的了解。莫斯科，如其眼下自我表现的那样，使人如图解般简化地看到了各种可能：首先是革命失败的可能和革命成功的可能。然而，在这两种情况下，都会存在一些不可预见的东西，其形象将大大有别于任何纲领性的未来描绘。如今，这正在人们身上以及他们周遭的环境中生硬而鲜明地显现出来。"

对1980年的读者而言，还要清楚地看到这一点，这在日记里才初显端倪，即几乎所有本雅明终究还能够与之建立起联系的人——顺便说一下，不管他当时是否清楚这一点，几乎无一例外都是犹太人——都属于反对派，不是政治上的反对派，就是艺术上的反对派，这在当时差不多还能够互相区分得开。这些人，据我对其命运所能了解到的情况而言，都或早或晚地作为托洛茨基分子或者在其他征兆下成了当时业已发端的斯大林统治的牺牲品，就连本雅明的女友阿丝雅·拉西斯后来也在"肃反"运动中被迫在一个集中营度过了多年光阴。此外，本雅明越来越强烈地觉察到他的许多重要的合作伙伴身上的或由恐惧或由玩世不恭所决定的机会主义。他未能避开这样的机会主义，以至于最终爆发了激烈的争执，甚至在面对阿丝雅·拉西斯的时候。

在本雅明的这些行动的过程中，对他的精神状态而言，他与那位极富才智的导演伯恩哈德·赖希（Bernhard Reich，早年在柏林的"德意志剧院"）——阿丝雅·拉西斯的生活伴侣（后来在其晚年成了她的丈夫）——的不无紧张的关系比起与其女友的关系更为重要，更富有启发。正如日记所证实的那样，阿丝雅并不拥有赖希所掌握的人脉。然而，即便与赖希，本雅明的内心也早在 1927 年 1 月就产生了一种费力掩饰的决裂。

当然，这部日记的核心，如文中所揭示的那样，无疑是本雅明与阿丝雅·拉西斯（1891—1979）那问题重重的关系。几年前，阿丝雅出了一本回忆录《职业革命家》，其中有专门的一章讲瓦尔特·本雅明。对那一章的读者而言，眼前的这部日记必定会令其大吃一惊，觉得既苦涩又压抑。

1924 年 5 月，本雅明与阿丝雅·拉西斯相识于卡普里。他在从卡普里写给我的几封信里提到过她，并没有说她的名字，只是提到"一个里加来的信奉布尔什维克的拉脱维亚女子"以及在谈到"对一种极端的共产主义之现实性的深刻洞见"时所说的一位"里加来的俄罗斯革命者，我所认识的最杰出的女性之一"。无疑，从那时开始直到至少 1930 年，阿丝雅·拉西斯对本雅明的生活产生了决定性的影响。在本雅明主要为了阿丝雅·拉西斯的缘故而动身前往莫斯科之前，他和她还分别于1924年在柏林，1925年在里加，也许甚至还有另一次在柏林相处过。继朵拉·凯尔纳（Dora Kellner）和尤拉·科恩（Jula Cohn）之后，阿丝雅·拉西斯成了第三位对本雅明而言具有重要意义的女性。由本雅明在其作品《单行道》中写给阿丝雅·拉西斯的献词来看，情爱的纽带还与她施加给他的一种强烈的才智上的影响联系在一起："这条街名叫**阿丝雅·拉西斯大街**，通往那个作为工程师在作者心里将它开凿出来的人。"不过，这本日记恰恰未能让我们见识并理解本雅明所爱的这位女子才智的一面。这部讲述了一个几乎直至逗留的最后一刻都未获成功的追求故事的日记，简直恳切得令人绝望。当然，本雅明去莫斯科的时候，阿丝雅正卧病在床，一直待在一家疗养院，几乎直到他离开。然而，她究竟得了什么病，我们却一无所知。于是，他俩在一起的时候大多都是在疗养院的房间里，只有几次阿丝雅去了本雅明下榻的旅馆。她此前与人所生的女儿，我估计约莫八九岁的样子，也同样生着病，住在莫斯科城外的一家儿童疗养院里。所以说，阿丝雅不可能积极地参与本雅明的各种活动。她始终只是他所写的一篇篇报道的收听者，是他所追求的、却对其几乎完全拒斥的对象，以及，这种情况并不少见，不友好的，甚至可以说是不幸的争吵时的对手。对阿丝雅的徒劳的等待、永远的拒斥，最后甚至还有一种程度不低的对待情爱的玩世不恭，所有这一切都被极度详细地写入了日记，使得任何有说服力的、体现才智的迹象的缺失越发显得不可思议。与此相应的是，所有见过本雅明和阿丝雅在一起的人，在对我讲述他们的印象时都一致表达了他们对这对只会不断吵架的情侣的惊讶。另外，1929 年和 1930 年，阿丝雅去了柏林和法兰克福，本雅明竟然为了她而离了婚！如此看来，这里留下了一些无法解释的东西，这其实很符合像本雅明那样的人生。

耶路撒冷

1980 年 2 月 1 日

格斯霍姆·朔勒姆（Gershom Scholem）

目　录

1926 年

1927 年

1926 年

12 月 9 日[①]

我于 12 月 6 日到达。在火车上，我使劲记着一家旅馆的名字和地址，以防车站上没人来接。（在边境上，他们跟我说二等车厢买不到票了，让我补了差价坐头等车厢。）没人看见我从卧铺车厢下车，这让我感到轻松。不过，在检票口也没有人。我没怎么不高兴。就在我走出"白俄罗斯-波罗的海"火车站时，赖希（伯恩哈德·赖希）朝我迎面走来。火车准点到达，分秒不差。我们把自己和两个箱子塞进一架雪橇。这天，冰雪开始融化，天气暖和。雪橇在宽阔、泥泞、泛着雪光的特韦尔斯卡娅大街走了才几分钟，就看见阿丝雅（阿丝雅·拉西斯）在路旁向我们招手。赖希下了雪橇，到旅馆的几步路他走着去，我和阿丝雅则坐雪橇前往。阿丝雅戴着一顶俄罗斯皮帽，看起来不漂亮，有点儿粗俗。由于长期卧床，她的脸变宽了些。我们没有在旅馆里停留，而是去了疗养院附近的一家所谓的甜品店喝茶。我讲了关于布莱希特的情况。随后，阿丝雅为了不让人发现自己在休息期间溜了出来，就从侧面的楼梯回到了疗养院，赖希和我则从主

---

① 此为记录日期，德文稿原本如此。

台阶走上楼去。在这里第二次碰上脱套靴的习俗。第一次是在旅馆；他们只收下了箱子，答应当晚给我们一个房间。阿丝雅的同屋不在，那是个大块头的纺织女工，到第二天我才见到她。在这里，我们第一次有几分钟的时间单独待在一起。阿丝雅十分友好地看着我。让人想起在里加的那次决定性的谈话。随后，赖希陪我去旅馆，我们在我的房里吃了点儿东西，后来去了迈耶霍尔德剧院。这是《钦差大臣》的第一场彩排。阿丝雅试图给我弄张票，却没有成功。于是，我就沿着特韦尔斯卡娅大街朝克里姆林宫方向走了半小时，又走回来，一路上拼读着商店的招牌，小心地走在冰面上。之后，我十分疲倦地（并且很可能是悲伤地）回到了旅馆的房间。

7日早晨，赖希来接我。日程：彼得罗夫卡大街（去警察局登记），卡梅涅娃学院（花了一个半卢布在这个学院弄了个席位；另外，还同那里的德方负责人，一个大笨蛋，谈了话），随后穿过赫尔岑大街前往克里姆林宫，途经丑陋的列宁墓，还看到了伊萨克大教堂。返回途中经特韦尔斯卡娅大街来到了位于特韦尔斯科伊大道的"赫尔岑之家"，那是无产阶级作家组织"瓦普"①的所在地。饭菜很好，这使我能在冒着

---

① Wap，即"全俄无产阶级作家联合会"。

严寒行走的疲劳之后略微享受一番。有人向我介绍了柯刚，此人对着我大谈其罗马尼亚语语法和俄语—罗马尼亚语词典。对赖希讲的情况，我在长途的步行中往往由于疲劳而无法全神贯注地听。他讲得极其生动，论据确凿，充满了奇闻逸事，言辞犀利，令人赞同。比如说，他讲到一个财政官员，此人在复活节度假期间去他们那个村子当牧师做礼拜。他还讲到对一个女裁缝的判决，这个女的打死了自己的酒鬼丈夫，这恶棍在街上袭击一对男女学生。此外，还有关于斯坦尼斯拉夫斯基执导《白卫军》的事。剧本被送去审查，只有一位审查官看了，写了批注，要求进行修改，就退了回来。过了几个月，在做了相关的修改之后，最终演给审查官们看。禁公演。斯坦尼斯拉夫斯基去找斯大林，说他破产了，他所有的资本都投到这出戏里了。斯大林指示："该剧没有危险。"随后首次公演，遭到共产党人的抗议，民兵把抗议者驱散了。赖希还提到了那部关于伏龙芝案的关键小说，据说伏龙芝是在违背他本人的意愿、但却是按照斯大林的命令的情况下被动了手术的……还有些政治新闻：反对派不再担任要职。与此相应的是，相当数量的犹太人不再担任主要是中层的职位。乌克兰的反犹太主义。——从"瓦普"出来，我精疲力竭，先独自去了阿丝雅那里。她那儿不一会儿就聚满了人。来了一个拉脱维亚妇女，挨着阿丝雅坐在床边，肖斯塔科夫和他的妻子也来了。夫妇俩与阿丝雅和赖希就迈耶霍尔德执导的《钦差大臣》一剧的上演，用俄语展开了极为激烈的争论。争论的中心话题是迈耶霍尔德用丝绒和绸缎做剧服，为他的妻子准备了十四套服装；另外，这场演出长达五个半小时。吃过饭后，阿丝雅来到我这里，赖希也在。离开前，阿丝雅讲了她的病情。赖希送她回疗养院，之后又回到我这里。我躺在床上，他则要工作。不过，他很快就自己停了下来，我们谈论起了此地与德国的知识分子的情况以及两国当前的写作技巧。此外，还谈到赖希对于入党问题的顾虑。他一再说到党在文化事务方面的反动倾向。战时共产主义时期被利用的左翼运动现在被完全抛弃了。就在不久前，无产阶级作家的身份才得到国家的认可（托洛茨基表示反对）。不过，与此同时，他们得明白，压根儿别指望得到国家的任何支持。后来谈到列列维奇案件——对左翼文化阵地采取的行动。列列维奇曾写过一篇关于马克思主义文学批评方法的论文。——在俄国，人们对严格地进行政治立场的区分极端重视；在德国，模糊的、笼统的政治背景就足够了。不过，即便在德国，政治背景也（应当）是必须被要求的。——对俄国而言，写作方法为：宽泛地阐述题材，并且尽可能地不再往下写。公众的文化程度很低，这就使得语言表述必定无法为人所理解。与此相对的是，在德国人们只要求：结论。至于怎么得出这些结论，没有人想知道。因此，德国报纸提供给报道的版面是微乎其微的；而在此地，长达五六百行的文章并不鲜见。与赖希的谈话持续了很久。我房里的暖气很足，房间也很宽敞，待在里面很舒服。

12月8日

上午，阿丝雅在我这儿。我把礼物给了她，给她匆匆看了一下我的书①，里面有我献给她的题词。夜里她因为心悸没睡好觉。我还给她看了由斯通（萨夏·斯通）为这本书设计的护封（并把它送给了她）。她非常喜欢。随后，赖希来了。后来，我跟他去国家银行换钱。在那里，我们和诺伊曼的父亲做了短暂的交谈。12月10日穿过一条新建的拱廊街来到彼得罗夫卡大街。拱廊街里正举办一场瓷器展览，可赖希却一刻也不停留。在利物浦饭店所在的街上，我第二次看到那些甜品店。（我在此补记上我第一天听到的关于托勒尔［恩斯特·托勒尔］造访莫斯科的事情。他受到了盛情款待，为此而大肆铺张，令人难以置信。整个城市遍布告示，宣告他的到来，还派给他一班人马：女翻译、女秘书、漂亮的女人。他要做什么报告都会有预告。可是，"共产国际"此时正在莫斯科开会。德国代表团的成员之一，维尔纳［保罗·维尔纳］，正是托勒尔的死对头。他让人，或者也许是他自己，在《真理报》上发表了一篇文章，说托勒尔背叛

---

① 指《单行道》一书。

了革命，对建立一个德国苏维埃共和国的失败负有责任。《真理报》在文章后面加了个简短的编者按：抱歉，我们之前并不知情。于是，托勒尔在莫斯科就不受人待见了。他去一个集会地点，准备做一场被隆重预告的演讲——却吃了个闭门羹。卡梅涅娃学院通知他说：抱歉，今日不能使用该礼堂。我们忘了电话通知您。）中午又去了"瓦普"。一瓶矿泉水一个卢布。之后，赖希和我去了阿丝雅那里。为了体谅她，赖希违背她的、同时也违背我的意愿，安排我和她在疗养院的游戏室里玩一局多米诺骨牌。坐在她身边，我觉得自己就像雅克布森小说里的一个人物。赖希和一个知名的老共产党人下象棋。此人在战争中，也许是内战中，失去了一只眼睛，就像那个年代的许多如今尚在人世的优秀的共产党人一样，已然风烛残年。阿丝雅和我回到她的房间不久，赖希就来接我去见格拉诺夫斯基。阿丝雅陪我们沿着特韦尔斯卡娅大街走了一段。在一家甜品店我给她买了"哈尔瓦"，然后她就回去了。格拉诺夫斯基是里加来的一个拉脱维亚犹太人。他创作了一部夸张的、反宗教的、表面看起来有点儿反犹太的滑稽剧，一部夸张版的俚语轻歌剧。他的做派非常西化，对布尔什维主义抱持着一定程度的怀疑，谈话主要围绕着戏剧和薪酬问题。还说到了住房问题。这里的公寓按平方米计价，每平方米的价格与房客所得薪水的高低挂钩。此外，如果人均住房面积超出十三平方米，那么对超出部分就要收取三倍的房租和暖气费。我们因为是不请自来，所以没能吃上丰盛的晚餐，只能将就着吃了点儿冷饭，在我房里和赖希谈了谈《百科全书》①的事。

---

① 本雅明应邀为《苏联百科全书》撰写"歌德"词条。

12月9日

上午，阿丝雅又来了。我给了她几样东西，随后就一起去散步。阿丝雅谈的都是关于我的话题。到了利物浦饭店，我们往回走。后来，我回了住处，赖希已经到了。我们俩各自工作了一个小时——我撰写了"歌德"词条。之后去卡梅涅娃学院，请他们设法为我减免旅馆房费。随后去吃饭。这次不是在"瓦普"。饭菜好极了，尤其是一道红萝卜汤。接着去了"利物浦"，与那位和气的饭店老板在一起，那是个拉脱维亚人。气温在十二度①左右。饭后，我感到相当疲倦，不能像原先打算的那样步行去列列维奇那儿了。我们不得不坐了一小段路的车。随后就穿过一个大花园，也许是公园，里面到处都是房子。最后面是一栋漂亮的黑白相间的木头房子，列列维奇的住所就在二楼。我们走进楼房的时候遇到了贝斯曼斯基，他正往外走。陡峭的木头楼梯，一道门后首先是厨房，正烧着火。接着是个简陋的门厅，挂满了大衣，随后我们穿过一个看起来像是卧室的小房间来到列列维奇的书房。他的样子很难描述。个子很高，穿一件蓝色的俄

---

① 此处指零下十二列氏度。——编者注

罗斯式样的衬衫，很少动弹（当然，小小的房间里挤满了人，他被固定在了书桌前的椅子上）。引人注目的是他的那张长脸，显得很粗野，脸盘很大。下巴往下拽得很长，除了那个残疾的格罗默尔，我还从来没有看到谁有这么一个下巴，平得几无凹陷。他显得非常平静，但似乎能感觉出这个狂热之人的沉默令其煎熬。他好几次向赖希问起我的情况。对面床上坐着两个人，其中那个穿黑色衬衫的既年轻又漂亮。聚集在这里的都属于文学反对派的成员，想在他离开前的最后一刻与他见上一面。他正被调离。最初命令他去新西伯利亚。"您需要的，"他们对他说，"不是一个影响圈子有限的城市，而是一整个州。"不过，他得以免去新西伯利亚。现在，他们"根据党的指示"将他送往萨拉托夫，距离莫斯科二十四小时的路程，他还不知道是去那里当编辑呢，还是在国营生产合作社当销售员或者别的什么。大多数时间里，他的妻子在隔壁的房间和其他一些来访者待在一起。她精力充沛，却神情平和，身材娇小，是个典型的俄罗斯南方人。头三天她将陪伴着他。列列维奇有着狂热分子的乐观：他为自己明天无法去"共产国际"听托洛茨基作有利于季诺维耶夫的演讲而感到遗憾，并认为，党正面临转折。在过道上告别时，我请赖希向他转达了一番友好的话语。然后，我们去看阿丝雅。也许这时才玩了多米诺骨牌。晚上，赖希和阿丝雅打算来我这儿。可是，只有阿丝雅来了。我给她礼物：衬衫、裤子。我们聊天。我发现，我俩的事，她基本都没忘。（下午她曾说过，她觉得我境况不错，说我正身处危机是不可能的事。）她走之前，我给她读了《单行道》中讲"皱纹"的那个段落。然后，我帮她穿上套靴。午夜时分，我已睡下了，赖希才来，要我第二天早晨转告阿丝雅，好让她放心。他之前做好了搬家的准备，因为他和一个疯子住在一起，住房的事情原本就麻烦，这么一来就愈加复杂，叫人忍无可忍。

12 月 10 日

早上，我们去阿丝雅那儿。由于早晨不允许探望，我们就在大厅里跟她说了一会儿话。她洗了碳酸浴（很疲倦）。这是她第一次洗碳酸浴，对她大有好处。随后又去了卡梅涅娃学院。想必，那张可以使我减免旅馆房费的凭证应该已经办好了。可是，却没有。倒是在常去的前厅和那位闲来无事的先生还有那位小姐相当广泛地探讨了一会儿戏剧问题。第二天，我将受到卡梅涅娃的接见，他们还设法去弄几张晚上的戏票。只可惜弄不到轻歌剧的戏票。到了"瓦普"，赖希把我放下了车，我在那里待了两个半小时，看我的俄语语法。之后他又出现了，和柯刚一起，来吃饭。下午，我在阿丝雅那儿只待了一小会儿。她因为住房的事情跟赖希吵架，把我打发走了。我在房里一边吃杏仁糖一边读普鲁斯特。晚上我去疗养院，在门口遇到赖希，他出去买烟了。我们在走廊上等了几分钟，随后阿丝雅来了。赖希把我们送上有轨电车，我们坐车去音乐厅。行政主管接待了我们。他给我们看了一封卡塞拉用法语写的贺信，带我们参观了所有的场地（演出尚未开始，许多观众却早就聚集在大厅里，他们是直接从工作单位来到剧院的），也参观了音乐会的演出大厅。大厅的地毯非常显眼，不好看。很可能是块昂贵的奥布松。墙上挂着些旧画的真迹（有一幅没有画框）。在这里和对外文化关系学院的官方接待室里，能看到非常珍贵的家具。我们的座位在第二排。上演的是里姆斯基-科萨科夫的《沙皇的新娘》——斯坦尼斯拉夫斯基最近搬上舞台的第一部歌剧。关于托勒尔的话题：阿丝雅如何带他出游，他如何想送她一件礼物，而她又如何给自己挑了条最便宜的皮带，他又说了哪些愚蠢的话。幕间休息时我们去了大厅。不过，总共有三次休息。时间实在太长了，阿丝雅很疲劳。我们谈论她围的那条土黄色的意大利围巾。我对她说，她在我面前显得很拘谨。最后一次幕间休息的时候，那位行政主管来到我们身边。阿丝雅和他说了些话。他邀请我观看下一部新剧目（《叶甫盖尼·奥涅金》）。演出结束后取衣服很困难。剧院的两名工作人员在楼梯中间设卡，指挥人流有序地进入狭窄的衣帽间。和之前去剧院一样，我们回家时坐的也是窄小的、没有暖气的有轨电车，车窗上结了冰。

12 月 11 日

讲讲莫斯科的特点。首先，最初几天我难以适应在完全冰封的路面上行走。我必须非常留意自己的脚步，而不能四下张望。昨天上午（我记此内容时是12 日），阿丝雅给我买了套靴，才令这一情况有所好转。这并没有赖希之前所估计的那么难。这个城市的典型建筑是许多一两层的房子。它们使这座城市看起来像个夏季别墅度假城，看着它们使人感到加倍的寒冷。经常能看到浅色调的彩色粉刷，大多是红色，不过也有蓝色、黄色，还有（如赖希所说）绿色。人行道非常狭窄，俄国人对土地斤斤计较，对空域却是大肆浪费。再者，屋子的边缘结了那么厚的冰，一部分人行道就没法走了。此外，人行道与行车道之间也很少有明显的界线：冰雪的覆盖使街道的各个层面变得平整。在国营商店门前，经常能遇到警察列队维持秩序的情景：人们排着长队购买黄油和其他重要商品。商店不计其数，商贩则比商店还要多，而他们所能供应的不外乎一篮子苹果、橙子或者花生仁。卖的东西被盖在一块羊毛布下，以防受冻，布上放着两三个样品。面包和其他烘烤的糕点很多：大大小小的面包、"8"字形烘饼以及甜品店里的华美的蛋糕。糖果被做成各种美妙绝伦的造型或花朵状。昨天下午，我和阿丝雅去了一家甜品店。那里有用玻璃杯装的掼奶油，阿丝雅要了一杯，外加一份蛋白酥皮甜饼，我则喝了咖啡。我们面对面地坐在店堂中央的一张小桌旁。阿丝雅使我想起了我曾打算写反对心理学的文章，我必须再一次确认，要我着手写这类话题的可能性是多么依赖与她的接触。我们无法如愿在咖啡馆逗留更长的时间。我不是四点，而是五点才从疗养院走出来。赖希要我们等他，他不确定是否要开会。我和阿丝雅最终离开了。我俩走在彼得罗夫卡大街上，看着商店的橱窗。一家精美的木器商店吸引了我的目光。在我的请求下，阿丝雅在这家店里给我买了一个很小的烟斗。我打算回头在那里给斯特凡①和达佳②买些玩具。那儿有那种一层套一层的俄罗斯蛋、一个套一个的小盒子，还有用漂亮的软木雕刻的小动物。在另一家商店的橱窗里，我们看到了俄罗斯刺绣。阿丝雅告诉我，那些布上的图案是农妇们模仿窗上的冰花绣成的。这已经是我们在这一天的第二次散步了。上午，阿丝雅到我这儿来了，先给达佳写了封信，随后我们就沿着特韦尔斯卡娅大街走了几步，天气很好。返回

---

① 本雅明的儿子。
② 阿丝雅的女儿。

途中，我们在一家摆放着圣诞蜡烛的商店前停了下来。阿丝雅对那些蜡烛做了一番评论。后来，我又和赖希一起去了卡梅涅娃学院。终于得到了旅馆住宿的优惠凭证。晚上，他们要从学院把我送去看《土敏土》。后来，赖希觉得格拉诺夫斯基执导的一场演出更好，因为阿丝雅想看戏而《土敏土》对她来说也许太刺激了。不过，当最后一切都准备就绪时，阿丝雅却感到不怎么舒服，于是，我就一个人看戏去了，赖希和她则去了我的房间。有三个独幕剧，头两个不值一提，第三个看起来要好得多，是一帮犹太拉比的集会，一种伴着犹太音乐的合唱喜剧。不过，剧情我没看明白。我累了一天，加上幕间休息的时间又长得累人，看戏时我打起了瞌睡。——赖希当晚睡在我房里。——我的头发在这里特别容易产生静电。

12 月 12 日

早晨，赖希和阿丝雅散了步，之后来到我这里，我还没有完全穿戴好。阿丝雅坐在床上。她打开我的箱子收拾起来，这使我大为高兴。她给自己留下了几条中意的领带。后来，她讲到小时候如何如饥似渴地读蹩脚的文学刊物。为了不让母亲发现，她把那些小册子藏在书本下面。可是有一回，她得到了一大本合订本的《劳拉》，书落入了母亲之手。还有一回，她三更半夜从家里跑出去，为的是去一个女友那里拿一本庸俗小说的续集。女朋友的父亲开了门，一脸茫然地问她要干什么。她发现自己干了蠢事，就回答说她自己也不知道要干什么。——中午和赖希在一家小地窖餐馆吃饭。在荒凉的疗养院度过的下午令人痛苦。阿丝雅又是一会儿称我"您"，一会儿称我"你"的。她感觉不太好。后来，我们沿着特韦尔斯卡娅大街散步。之后，当我们坐在一家咖啡馆里的时候，赖希和阿丝雅发生了激烈的争吵。赖希明确地希望把注意力全部集中在俄罗斯，而放弃与德国的关系。晚上我与赖希单独待在我房里：我研究导游手册，他撰写《钦差大臣》的评论文章。——莫斯科没有卡车，也没有商用车等。无论是买个小东西还是运个大家伙，都只能凭借小小的马拉雪橇来完成。

12 月 13 日

上午，我走了很长的路。先走过市区的几条大街去了邮政总局，回来时途经卢比扬卡广场去了"赫尔岑之家"。由此，我在城里的方向感好多了。我明白了那个拿着字母板的男人究竟在搞什么名堂：他在卖字母，人们把字母安在套靴上以防弄混。一路上，许许多多装点了圣诞树的商店又一次引起了我的注意。一小时之前，我和阿丝雅在亚姆斯卡娅-特韦尔斯卡娅大街上短暂散步时，这样的商店也随处可见。那些装饰物在橱窗的玻璃后面比挂在树上更为闪亮。就在亚姆斯卡娅-特韦尔斯卡娅大街上散步时，我们遇到了一群鼓乐游行的共青团员。那种音乐如同苏联的军乐，似乎是由口哨和歌声混合而成。阿丝雅说起了赖希。她托我给他带一份最新一期的《真理报》。下午，在阿丝雅那里，赖希给我们读了他写的关于迈耶霍尔德的《钦差大臣》一剧演出的评论文章。文章非常好。（之前）他在阿丝雅房里的椅子上睡着时，我给阿丝雅读了一些《单行道》里的文字。上午，我兜了一大圈，期间还留意到那些女贩、农妇，她们站在装着货物的篮子旁（或是一架雪橇，就像那种当地人在冬天用作童车的雪橇）。那些篮子里装着苹果、糖果、果仁和各种糖人，一半盖在布下。这让人联想起一位和蔼的奶奶出门前在屋子里四下张望，寻找一切能给她的孙儿带去惊喜的东西。她打点好了这些东西，眼下，正站在半路上歇歇脚。我又遇见了卖纸花的中国人，那些花儿就像我从马赛给斯特凡带回去的一样。这里似乎有更多纸做的、形似奇异的深海鱼的动物。此外，还有卖玩具的男子，他们的篮子里装满了木头玩具，车子和铲子，车子是黄红相间的，孩子玩的铲子则有黄有红。还有一些肩上扛着一捆捆五颜六色的风车到处走的商贩。所有这些手工艺品都比德国的质朴、结实，带有鲜明的农家特色。在一处拐角，我看见一个卖圣诞树饰物的妇女。那些黄的、红的玻璃球在阳光下闪闪发光，看起来就像一篮子被施了魔法的水果，各种各样的果子闪耀着红色和黄色的光芒。在这里，木头和颜色之间也有一种比起其他任何地方来都更直接的关系，无论是最朴拙的玩具还是最精致的漆器都体现了这一点。——在"中国城"的城墙边站着些蒙古人。也许，他们老家的冬天也像此地一样严寒，他们身上破烂的毛皮也不比本地人的更糟糕。然而，他们却是这里唯一因气候而叫人情不自禁心生怜悯的人。他们站在那儿卖皮箱，彼此间隔不超过五步，所卖的东西一模一样。这肯定是有组织的行为，否则他们之间不可能当真做如此无望的竞争。和在里加一样，这里的商店招牌上有漂亮、朴拙的绘画：鞋子从一只篮子里掉下来，一只尖嘴狗叼着一只凉鞋逃跑了。一家土耳其餐馆前有两块牌子，对称的，画面上的男子头戴菲斯帽坐在餐桌旁，帽子上饰有一弯蛾眉月。阿丝雅说得对，人们喜欢随处，包括在广告中，看到对任意一件真实事情的表现，这是很有特色的。——晚上和赖希一起去了伊列什家。后来，"革命剧院"的经理也来了，该剧院将于 12 月 30 日首演伊列什的剧作。这个经理是早年的一位红军将领，在消灭弗兰格尔的行动中扮演了关键的角色，并两次在托洛茨基的军队命令中被提名。后来，他在政治上犯了愚蠢的错误，断送了前程。由于他原先是个文人，就给了他这个剧院的领导职务，这个位置无须他有所作为。他显得相当愚钝，谈话并不怎么活跃。我听了赖希的提醒，说话也很小心。我们谈论了普列汉诺夫的艺术理论。房间里没几件家具，最显眼的是一张很不结实的儿童床和一个浴盆。我们去的时候，那个小男孩还醒着，后来，他大喊大叫着被放到了床上，不过，我们在的时候他始终没睡着。

12 月 14 日（记于 15 日）

今天我见不到阿丝雅。疗养院里的情况很严峻。经过长时间的谈判，昨天晚上他们才允许她出院，而今天早晨她并没有如约来接我。我们原本打算去给她买布料做裙子的。我来这儿才一个星期，就不得不像预料的一样，见到她的难度越来越大，更别说单独相见了。——昨天上午，她急匆匆地来了，情绪激动，她那像往常一样不安的神情更令人感到不安，好像害怕在我的房里待上一分钟，害怕面对我似的。我陪她去了一个委员会的办公大楼，她受到该委员会的传唤。我告诉她前一天晚上我得到的消息：赖希有望在一家非常重要的杂志社得到一个剧评家的新职位。我们走过萨多瓦娅大街。总的来说，我说得很少，她则兴奋地大谈她在儿童院与孩子们打交道的工作。我第二次听她讲起儿童院的一个孩子被另一个孩子打破了脑袋的事。真奇怪，我现在才明白这个非常简单的故事意味着什么（这件事有可能给阿丝雅造成不良后果，不过医生认为那个孩子有救）。经常会发生这种情况：她说什么我几乎没听见，因为我非常专注地看着她。她陈述了自己的想法：孩子们必须被分成小组，因为无论如何都无法同时应对那些最野的——她称其为最有天分的——孩子和其他孩子。令普通孩子感到非常充实的东西却令那些野孩子感到无聊。很显然，正如她自己所说，阿丝雅在和野孩子打交道的过程中获得了极大的成功。阿丝雅还谈到自己的写作情况：为一份在莫斯科出版的拉脱维亚共产党报写三篇文章。这份报纸通过非法途径到达里加。对阿丝雅而言，她的文章能被那里的人们阅读是非常有用的。那个委员会的大楼位于斯特拉斯诺伊大街和彼得罗夫卡大街交汇处的广场边。我边等边在彼得罗夫卡大街上来来回回走了半个多小时。她终于出来了，我们去国家银行，我要换钱。今天早晨，我感觉充满了力量，得以简洁而平静地谈论我在莫斯科的逗留以及在此期间的微乎其微的机会。我的话给她留下了印象。她说，那位救治她的医生曾明确禁止她待在城里，并要求她去一家森林疗养院。可她却留了下来，因为她害怕森林里令人悲伤的孤独，也为了等待我的到来。在一家皮货商店前，我们停了下来。我们第一次经过彼得罗夫卡大街散步时，阿丝雅也在此停留过。店里的墙上挂着一件漂亮的皮衣，上面缀着五彩的珍珠。我们进去问价钱，得知这是通古斯人的手艺（而非阿丝雅所猜想的"爱斯基摩"服装）。皮衣开价二百五十卢布，阿丝雅想买下它。我说："假如我买下它，我就得马上离开。"不过，她让我允诺日后送她一份能伴其终生的大礼。去国家银行要从彼得罗夫卡大街穿过一条拱廊街，街上有一家古玩代销店。橱窗里陈列着一个"帝国风格"的橱柜，镶嵌工艺异常精美。继续走向拱廊街的端头，只见人们在木制陈列架旁拆装着瓷器。我们走回公交车站的路上，度过了非常美妙的几分钟。随后，我去见了卡梅涅娃。下午，我在城里乱逛。我不能去见阿丝雅，克诺林在她那儿。此人是位重量级的拉脱维亚共产党人，最高审查委员会的成员。（今天也不能去见阿丝雅；我写此日记时，赖希单独在她那儿。）我的下午结束于斯塔列施尼科夫大街的法国咖啡馆，面对着一杯咖啡。——关于这座城市：拜占庭教堂的窗户似乎没有形成自己的风格。给人一种魔幻的印象，没有亲切感；那些普普通通、毫不起眼的窗户从拜占庭风格教堂的尖顶和大厅临街而开，就像住宅楼的窗户一样。东正教的神父住在这里，就像和尚住在寺庙里一样。圣巴西尔大教堂的下层部分倒像是一座华丽的贵族宅邸的底楼。教堂穹顶上的十字架看起来却像矗立云霄的巨大的耳环。——奢华就像患病的嘴巴里的牙垢一样附着于这座贫穷困苦的城市：N. 克拉夫特巧克力店，彼得罗夫卡大街上高档的时装店以及毛皮间摆放着的冰冷、丑陋的瓷花瓶。——这儿的乞丐不像南方的那么富于攻击性：在南方，衣衫褴褛的叫花子会一个劲儿地纠缠不休，这好歹是残存的生命力的体现；而这里的叫花子却是一帮垂死之人。破烂的铺盖卷占据着街角，在那些外国人做生意的区域尤甚，就像露天的"莫斯科大战地医院"的床铺一样。电车上的乞讨有另外的组织形式。有些环线车在线路上停留的时间较长，要饭的就趁机溜上车；或是一个孩子站在车厢的角落里开始唱歌。然后，孩子捡起戈比。很少看见有人给钱。乞讨已经失去了社会良知这一最强大的基础，比起同情心，社会良知更容易打开钱包。——拱廊街：与其他任何地方不同，这里的拱廊街有着高低不同的楼层，廊台往往空空荡荡，和教堂里的一样。农民和阔太太们穿着大毡靴走来走去。靴子看上去像内衣似的紧贴腿肚，就像紧身胸衣一样叫人觉得万般难受。毡靴是双脚的华丽行头。还是说说教堂：它们大多似乎无人照管，空荡荡、冷冰冰，就像我在圣巴西尔大教堂里面看到的那样。祭坛上只剩下零星的火光照向雪地，不过，这火光却在遍布木头售货亭的城里被完好地保存着。白雪覆盖的窄巷子很安静，只能听见卖服装的犹太人在轻声叫卖。他们的摊位旁是个卖纸的摊子。女贩置身于银色的箱子后面，遮着身子，露出脑袋，面前摆放着挂在圣诞树上的银丝条和填衬着棉絮的圣诞老人，好似一位蒙着面纱的东方女子。我发现最美的摊子在阿尔巴茨卡娅-普罗夏基街上。——几天前，在我房里和赖希谈论新闻业。基希(埃贡·埃尔文·基希)曾向他透露过几条黄金规则,我还新拟了几条:①一篇文章必须包含尽可能多的人名;②首句和尾句一定要好,中间则无关紧要;③将由一个名字所唤起的想象作为对这一名字进行真实描述的背景加以利用。我想在此和赖希合作写一部唯物主义百科全书的纲要,他对此有很棒的主意。七点过后,阿丝雅来了。(不过,赖希跟着一起去了剧院。)上演的是斯坦尼斯拉夫斯基执导的《土尔宾一家的日子》。自然主义风格的舞台布景非常出色,表演却不怎么差也不怎么好,布尔加科夫的戏完全是一种鼓动造反的挑衅。尤其是最后一幕,其中,白卫军"皈依"布尔什维主义,不仅戏剧情节乏味,而且思想观念虚伪。共产党反对此剧的上演是有道理的,可以理解。至于这最后一幕是像赖希所猜测的那样迫于审查而附加上去的还是原本就有,都不影响对这出戏的评价。(这里的观众明显有别于我在另外两家剧院所看到的。似乎没有一个共产党人在场,哪儿都看不到黑色或蓝色的衬衫。)我们的座位不在一起,我只在演出第一场景的时候与阿丝雅相邻而坐。随后,赖希坐到了我旁边,他觉得翻译太累了,阿丝雅会吃不消。

12 月 15 日

赖希起床后离开了一会儿，于是，我希望能单独迎接阿丝雅。可是，她根本没有来。下午，赖希得知她早上情况不好，却也不让我下午去看她。上午，我们在一起待了一段时间：他给我翻译了卡梅涅夫在"共产国际"的演讲。——只有从尽可能多的角度体验了一个地方之后，才会熟悉这个地方。为了能对一个广场了然于心，之前就得从东、南、西、北各个方向踏上这个广场，当然也要朝着各个方向离它而去。否则，它会三番五次出乎意料地跃入你的路途，而你还没有准备好碰上它。过了一个阶段，你会找寻这个广场，凭它来确定方位。熟悉房屋也是如此。只有在你试图一路沿着其他房屋找到某一幢特定的屋子后，你才会知道那些房子里都有什么。从拱形的大门后、从屋门的框架中，生活跃然而出；在大大小小黑色的、蓝色的、黄色的和红色的字母中，在画着靴子或刚熨好的衣服的箭头上，在踩坏了的台阶或坚固的楼梯上，生活沉默着、忍耐着、斗争着。必须坐着有轨电车在街上转悠过才会发现，这场战斗如何随着楼层而不断延伸，直至楼顶而进入最后的决胜阶段。只有最强劲、最老牌的招牌标语才能坚挺于那个高度，也只有从飞机上俯瞰才能看到这座城市的工业精英（这里指几个名字）。——上午去了圣巴西尔大教堂。教堂的外墙散发出温暖舒适的光芒，映照在雪地上。均匀的布局使得这一建筑无论从哪个方向看都无法一目了然地看出其对称性。这幢建筑总让人感觉在躲躲闪闪，只有从飞机上往下看才能逮住其全貌，而它的建造者忘记了防御这一点。教堂里面不光是被清理了，而且像一头毙命的野兽一样被摘除了内脏，成了民众教育的"博物馆"。清除了那些部分，很可能是大部分——从留存下来的巴洛克风格的祭坛看来——没有艺术价值的内部装饰之后，那被当作壁画缀满过道和拱顶的鲜亮的植物藤蔓便暴露无遗。令人悲哀的是，这藤蔓将室内为数不多的、能让人想起彩色拱顶螺旋且无疑要古老得多的石壁绘画扭曲成了一种洛可可风格的戏要。拱顶的过道很狭窄，到了祭坛室或圆形的祈祷室时却豁然开阔。从上面透过高高的窗户照进祈祷室的光线很暗，因此，看不清摆放在那里的各种祈祷用品是什么样子。不过，有一间明亮的小室，铺着一道红地毯。里面陈列着莫斯科和诺夫哥罗德诸教派的圣像，此外还有几本很可能是无价之宝的福音书，壁毯上白色绿底地画着亚当和基督，赤身裸体，不过没画生殖器。这里由一个胖女人看管着，这人看起来像个农妇。我真想听听她给几个来看画的无产者所做的讲解。——此前，在被叫作"上贸易行"的拱廊街逛了逛。我想买一家玩具商店橱窗里的泥人，是些有趣的彩色骑士，却没买成。沿莫斯科河坐有轨电车去吃饭，途经"救世主大教堂"，穿过阿尔巴茨卡娅广场。傍晚，在夜色中再次回到那里，在一排排木屋间穿行，后又穿过伏龙芝大街，经过气派的"战事部"，最后迷了路。坐有轨电车回家。（赖希想一个人去阿丝雅那里。）晚上，走过刚结冰的路面去潘斯基家。在他家大楼门口我们碰上了，他正要和妻子去看戏。由于一次误会——到第二天才澄清，他请我们过两天去他办公室。随后去斯特拉斯诺伊广场旁的那幢大房子见赖希的一个熟人。在电梯里，我们遇到了那人的妻子，她告诉我们，她丈夫正在参加一个集会。不过，因为索菲娅的母亲就住在那类似大型寄宿公寓的同一幢房子里，所以，我们决定去问候一声。与所有我曾见到过的房间一样（在格拉诺夫斯基家和伊列什家），这间屋子里的家具也很少。由于房间陈设简陋，那几件小资产阶级的寒碜的家具就越发显得令人沮丧。不过，小资产阶级的室内装饰风格包括下列整套东西：墙壁上必须有画，沙发上得有靠垫，靠垫要有罩子，挂壁搁板上要有摆设，窗户要装彩色玻璃。这诸多的东西中，只有这一样或那一样被不加选择地保留了下来。这些房间看似刚刚进行过体检的战地医院，人们在此忍受生活，是因为他们的生活方式已使得他们的房间变得陌生。人们逗留在办公室、俱乐部和马路上。一走进这间屋子，马上就意识到索菲娅果敢的性格中那令人惊讶的局限性得自她的家庭，只是，她已脱离了这个家，尽管谈不上一刀两断。在回去的路上，我从赖希那儿知道了她家的事情。索菲娅的哥哥就是那个克雷连科将军，此人最初站在布尔什维克一边，并为革命做出了不可估量的贡献。由于其政治天赋不高，后来就给了他一个最高检察官的象征性的职位。（在金德曼的案子中他也是公诉人。）索菲娅的母亲可能也是某个组织的成员。老太太肯定有七十上下的年纪了，仍然显得精力旺盛。索菲娅的孩子们须受其管束：他们一会儿被推给外婆，一会儿又被推给姨妈，已有多年没见到母亲了。两个孩子都是索菲娅和第一任丈夫所生。他是个贵族，内战时站在布尔什维克一边，后来死了。我们去的时候，那个小女儿在那里。小姑娘极其漂亮，举止十分自信、优雅。她看起来很内向。她母亲刚来了一封信，由于她拆了信，她的外婆就和她吵了起来，而那封信是写给她的。索菲娅在信中写道，德国人不允许她继续待在德国了。她的家人猜想到她在从事非法的事情。她真是丧门星，她的母亲显得很不安。从屋子往外俯瞰特卡尔斯科伊大道，一长串灯光非常美丽。

12 月 16 日

我写着日记，不再指望阿丝雅还会来。这时，她敲响了门。她进来时，我想吻她。像往常一样，没成功。我把写给布洛赫（恩斯特·布洛赫）的明信片拿出来给她，我已经开了头，让她再写点儿什么。又一次试图吻她，徒劳。我读了她写的话。她问我写得怎样，我告诉她："比你写给我的好。"她说我"厚颜无耻"，却为此而吻了我，甚至还拥抱了我。我们坐雪橇进城，去了彼得罗夫卡大街的许多商店，给她买布料做裙子，也就是做她的制服。我把她的裙子称作制服，是因为她要求新裙子的款式要和在巴黎买的旧裙子一模一样。先去了一家国营商店，在墙壁的上半部分可以看见宣传工农阶级联合的纸板画。画面表现出甜蜜美好的感觉，这种趣味在此地很普遍：用蒙着一层绒面的纸板仿制镰刀和铁锤、齿轮和其他工具，给人一种说不出的反感。这家店只卖农民和无产者所需的商品。近来，在"经济制度"的主导下，国有工厂不再生产其他东西。柜台前挤满了人。其他商店很空，在那里买衣料要凭票，或者不要票，但价格十分高昂。在一个街头小贩那里，阿丝雅帮着我买了一个木偶娃娃，送给达佳，其实，我是想借此机会给自己也买一个。之后又在另一个小贩那里买了一只装点圣诞树的玻璃鸽子。我记得阿丝雅和我没怎么说话。——后来,和赖希去了潘斯基的办公室。不过,他原以为事关公务才约了我们见面。既然我已经来了,他就打发我去放映室,那里正在给两个美国记者放电影。只可惜,当我办完了无数手续终于走到楼上的时候,电影《战舰波将金号》刚好快要结束了,我只看到了最后一幕。随后放映的是《按照法律》,该电影改编自杰克·伦敦的一部小说。数天前,这部电影在莫斯科首映,没有获得成功。就技术而言,这部片子不错——其导演库里肖夫的口碑不错。不过,成堆的令人毛骨悚然的情节使主题流于荒诞。据说这部电影有一种反抗法制的无政府主义倾向。放映快结束的时候,潘斯基自己也到楼上的放映室来了,最后还把我带去了他的办公室。要不是我担心错过了和阿丝雅的见面,我们在那里的谈话还会持续很久。吃午饭无论如何是来不及了。我到疗养院的时候,阿丝雅已经离开。我回到住处。很快,赖希来了。不一会儿,阿丝雅也来了。他们给达佳买了毡靴和其他东西。我们在我房里谈话,聊到了在小资产阶级的屋子里,作为家具的钢琴是屋子里的悲哀和一切灾难的真正的动力中心。这个想法令阿丝雅好似触了电,她想就此与我合写一篇文章,而赖希则想把这一题材写进一个滑稽短剧。阿丝雅和我单独待了几分钟。我只记得我说了句"永远，最爱"，她听了就笑，看得出，她明白了我的话。晚上，我和赖希在一家素食餐馆吃饭，餐厅的墙壁上全是宣传口号。"没有上帝——宗教是无中生有的发明——没有创世"，诸如此类。许多涉及"资本"话题的内容，赖希没法给我翻译。回到住处后，我通过赖希终于和罗特（约瑟夫·罗特）通了电话。他声称第二天下午就要离开莫斯科，考虑片刻后，他只得接受邀请，十一点半在他下榻的宾馆与我共进晚餐。否则我就别再指望和他说上话了。十一点一刻左右，我浑身疲惫地坐上了雪橇。整个晚上，赖希一直在给我读他写的文章。他的那篇论人文主义的文章——尚处于研究的最初阶段——基于一个富于真知灼见的提问：作为大革命先驱的法国知识分子缘何在 1792 年之后不久就退下了舞台并成为了资产阶级的工具？在我们谈论这一话题时，我产生了这样的想法："受教育者"的历史必须被唯物主义地作为功能并且在与一种"未受教育史"的严格的关联中加以描述。后者肇始于近代，因为中世纪的统治形式不再成为被统治者的一种——不管是什么性质的——（教会的）教育形式。"谁掌握权力，谁决定宗教"的原则摧毁了世俗统治形式的精神权威。这么一种"未受教育史"将告诉我们，在数百年的历程中，革命的能量总是形成于那些未受教育阶层的宗教之"蛹",而知识分子不仅始终以一群背离资产阶级的倒戈者,而且以"未受教育"之先锋的形象示人。坐雪橇使我清醒多了,罗特已经在宽敞的餐厅里坐下。这里有喧哗的乐队,两棵仅半个屋顶高的粗大的棕榈树,五光十色的吧台和自助餐台以及素雅精美的餐桌,一如从欧洲移置于远东的豪华饭店,招待着宾客。我第一次在俄罗斯喝了伏特加,我们吃了鱼子酱、冷肉和煮水果。综观整个晚上,罗特给我的印象没有在巴黎时好,要不然就是——这种可能性更大——在巴黎时,我意识到了同样的、当初还是隐藏的一些东西,而这一次,它们就暴露于眼前,使我大为惊诧。在他的房里,我们继续就饭桌上展开的一个话题进行了更为深入的探讨。他又开始给我读一篇关于俄国教育体制的长文。我在房里四处打量,只见桌上摆放着用过的茶具,显然,至少有三个人在这里享用过一顿丰盛的茶点。看起来,罗特的日子过得很阔绰,这宾馆的房间——像餐厅一样的欧式装潢——肯定很贵。同样,他这次从高加索到克里米亚再到西伯利亚的考察之旅也要花不少钱。他读完文章后,我们聊了起来,我赶紧要求他摊牌,表明政治立场。结果是,一句话:来俄国时,他是(几乎)坚定的布尔什维克;离开俄国时,他成了保皇党。这个国家常常必须为某些人的意识形态的变色而支付代价,这些泛着微红、粉红之光的政客来到这个国家，代表"左翼"反对派，体现出一种愚蠢的乐观主义。罗特的脸上布满了皱纹，一副东闻西嗅、令人不悦的长相。两天后，我在卡梅涅娃学院再次遇见他时（他肯定推迟了行期），又一次留意到了这点。我接受了他的邀请，坐上了雪橇，将近两点回到了我的旅馆。在一些大宾馆和特韦尔斯卡娅大街的一家咖啡馆前的马路上有一些夜生活。由于寒冷，人们聚拢在一起。

12 月 17 日

探望达佳。她看起来比我以前见到她时要好。儿童疗养院的纪律对她深有影响。她的眼神平静、克制，脸蛋儿饱满了许多，也没那么紧张了。与阿丝雅不再那么出奇地相像了。有人领着我参观这个机构。那些教室非常有趣，墙壁上东一块西一块地贴满了图画和纸板人物。就像一堵庙墙，孩子们把自己的作品当作献给集体的礼物贴在墙上。在这些地方，红色是主色调，遍布着苏维埃红星和列宁头像。教室里，孩子们不是坐在课桌前，而是挨着桌子坐在长板凳上。有人进去时，他们说一声俄文的"您好"。儿童疗养院不为他们提供衣物，许多孩子看上去很穷。在这个疗养院附近，另有一些来自周边农庄的孩子在玩耍。去了一趟米蒂什廷，顶着大风坐雪橇返回。下午，在疗养院陪阿丝雅，心情很不好。六个人在游戏室玩了多米诺骨牌。晚饭时，和赖希在一家甜品店喝了一杯咖啡，吃了一块蛋糕。早早地上了床。

12 月 18 日

早上，阿丝雅来了。赖希已离开。我们去买布料，之前去国家银行换钱。在房里时，我就对阿丝雅说起了前一天的坏心情。这天早晨心情极好。布料很贵。返回途中，我们碰见有人在拍电影。阿丝雅对我说，这得描述一下：在这种情况下，人们会马上头脑不清，跟着跑上几个小时，然后稀里糊涂地去单位，也说不清自己去了哪儿。我觉得，这是很可能的，看看此地开会的情形便知。为了最终开成一次会，必须反复筹备多次。没有哪件事会像预设或预期地那样发生——这是描述生活之错综复杂的陈词滥调，这一点在此地的每一桩事情上都体现得那么强烈、那么牢不可破。因此，俄罗斯人的宿命论就很容易理解了。当文明的考量逐渐贯彻到集体生活中时，这在最初只会使个体的生存变得复杂。人们在一间只有蜡烛的屋子里生活，比起在那些装了电灯而发电厂却常常出故障的地方要好。这里也有人对话语不闻不顾，对周遭的事物坦然地听之任之，比如说那些在大街上溜冰的孩子。在这里坐电车是轻率的行为。永远无法透过冰封的车窗看清自己身在何处。等你搞清楚了，下车的道儿又被挨挨挤挤的人群阻断了。因为必须从后门上车而从前门下车，所以就得挤过人群。而至于什么时候挤得过去，就要凭运气且不顾一切地拼体力了。与此相反，这里也有一些西欧所没有的便利：国营食品商店营业至晚上十一点，公寓大楼的门一直开到午夜甚至更晚。房客和二房客太多，不可能人手一把大门钥匙。——我发现，人们"歪歪扭扭"地走在马路上。这无疑是由于人行道太窄而行人太多的缘故。只有在那不勒斯才能看到和这里一样狭窄的人行道。这些人行道使莫斯科带了点儿小城镇的乡下气，或者说显得像个临时急就而成、并且在一夜之间地位荣升的大城市。——我们买了一块上好的褐色布料。随后，我去了卡梅涅娃学院，要他们给我一张去迈耶霍尔德剧院的证件，在那里也碰到了罗特。饭后，我在"赫尔岑之家"和赖希下象棋。柯刚带着记者走了过来。我设想写一本书，谈专制下的艺术：意大利法西斯政权下的艺术及俄罗斯无产阶级专政下的艺术。此外，我还谈到了谢尔巴尔特和埃米尔·路德维希的著作。赖希对此次访谈极度不满意，认为我做了多余的理论分析，从而使自己陷于遭受抨击的危险处境。到目前为止，此次访谈尚未发表（我于 21 日写此日记），其影响如何，拭目以待。——阿丝雅的状况不好。一个得了颈项强直症而发了疯的女病人被安置在阿丝雅隔壁的房间，早先在医院时阿丝雅就认识她。就在这天夜里，阿丝雅和其他妇女一起造反成功，那个女病人被弄走了。赖希带我去了迈耶霍尔德剧院，我在那里与范妮·叶洛维娅会了面。但是，由于卡梅涅娃学院和迈耶霍尔德的关系不好，学院之前没有给剧院打电话，我们也就没有拿到票。在我的旅馆稍做逗留之后，我们坐车去克拉斯尼-威罗塔看一部电影。潘斯基曾对我说过，这部电影将超越《战舰波将金号》的成功。没有座位了。我们买了下一场的票，随后去叶洛维娅的寓所喝茶，就在附近。这间屋子也与我至今所见到的其他所有房间一样光秃秃的。灰色的墙壁上挂着大幅的列宁像，他正在读《真理报》。一个窄窄的壁架上放着几本书，门边靠着窄墙放着两个行李篮，一面纵墙前摆着一张床，另一面前摆着一张桌子和两把椅子。在这房里的逗留，就着一杯茶，配上一块面包，是这个晚上最美好的事情。因为，那部电影蹩脚透顶，叫人无法忍受，而且还放映得飞快，叫人既看不清楚又搞不明白。电影还没放完我们就离开了。坐着有轨电车回去的时候，感觉就像通货膨胀时期的一幕情景。我发现赖希还在我房里，他又在我这儿过夜了。

12 月 19 日

我记不清上午是怎么度过的了。我想，我见到了阿丝雅，后来，在我把她送回疗养院之后，我打算去特列恰科夫美术馆。可是，没找到。在刺骨的寒冷中，我徘徊在莫斯科河左岸的建筑工地、练兵场和教堂之间。我看见红军士兵正在操练，孩子们穿梭其间踢着足球。女孩们从一所学校走出来。在我最后乘电车回去的那个车站对面有一座亮堂堂的红色教堂，临街是一道长长的红色围墙，还有塔楼和圆顶。这一番到处游荡使我越发疲惫，因为我还提着一个不太便携的小包裹，里面装着三个彩色纸房子。这可是我在莫斯科河左岸的一条主街上费了九牛二虎之力，花了每个三十戈比的大价钱从一家杂货铺弄到手的。下午在阿丝雅那里。我出去给她买蛋糕。我站在门口准备走时，发现赖希的举止很奇怪，我说"再见"，他没有回应。我将此归结为他心情不好。因为，他之前离开了房间几分钟，我对阿丝雅说，他去买蛋糕了；而当他回来时，却令她失望了。几分钟后，我买了蛋糕回去时，赖希躺在床上。他心脏病犯了。阿丝雅情绪激动。我发觉，在赖希这会儿身体不舒服的时候，阿丝雅的表现就像我以前对待生病的朵拉①一样。她数落着，试图提供帮助，却以不明智的、咄咄逼人的方式，好像要使他意识到，他生病是多么不应该似的。赖希慢慢地恢复了过来。不过，由于这次突发事件，我只得独自一人前往迈耶霍尔德剧院了。后来，阿丝雅把赖希送到了我房里。他睡我的床过夜，我则睡在由阿丝雅铺好的沙发上。《钦差大臣》一剧尽管比首演时缩短了一个小时，但还是从七点三刻演到了十二点过后。该剧有三部分共十六景（如果我没有搞错的话）。赖希的许多叙述使我多少对该剧的整体情况有了思想准备，但我还是惊讶于该剧的大肆铺张，而且在我看来，最显眼的并非那些富贵的服饰，而是舞台布景。除了极少的例外，一幕幕剧情都在一个斜面的小小的空间内展开。每换一幕，舞台上就会换上另一种具有"帝国风格"的红木布景，摆上不同的陈设。由此便形成了许多迷人的风俗画，这符合该剧的宗旨，即进行非戏剧的、社会学的分析。作为服务于革命戏剧的一部经典之作的改编，该剧在此地被赋予了重大意义。然而，与此同时，这一尝试又被视为失败。连党也发令反对该剧的上演，由《真理报》的戏剧评论员所撰写的态度温和的评论也遭到了编辑部的拒绝。剧

---

① 本雅明的妻子。

院里掌声寥落，这也许更多是因为官方的口令，而不是由观众最初的印象造成。因为，毫无疑问，这出戏令人大饱眼福。只是，这种情况与此地普遍存在的对待公共言论的谨慎态度有关。假如你问一个不怎么熟悉的人对于随便哪出戏或哪部电影的印象，你得到的回答只是："据这里的人们所说，这是怎样怎样的"或者"人们大都认为是怎样怎样的"。《钦差大臣》一剧的导演原则——将情节场景集中在一个很小的空间之内，使得所有的戏剧元素极度奢侈地聚集在一起，尤其是演员班子。这在一幕堪称导演之杰作的节庆场景中达到了高潮。小小的场地上，在纸做的、只是象征性的壁柱之间，拥挤地聚集了将近十五个人。（赖希谈到了线性布局的取消。）总体而言，产生了一种类似圆形大蛋糕结构的效果（一个非常莫斯科化的比喻——只有这里的圆形大蛋糕才能说明这一比喻），或者更确切地说，像八音钟上跳舞的小木偶，而果戈理的文本就是伴舞的音乐。此外，这出戏中有许多真正的音乐。临近尾声时出现的一小段夸德里尔舞曲，想必在每一出市民阶级的戏剧中都是动人的音乐，而在一部无产阶级的戏剧中，人们并不期待这样的音乐。后者的形式在如下一幕场景中表现得最为清楚：一道长长的栏杆将舞台一分为二，栏杆前站着钦差大臣，栏杆后是人群；人们关注着钦差大臣的每一个动作并拿他的大衣做着极富表现力的游戏——一会儿由六只或八只手捧着它，一会儿又把它披在倚着栏杆的钦差大臣身上。——睡在硬床上，一夜过得很好。

12 月 20 日

我于 23 日写此日记,已记不清当天上午的事了,就不做记录了,取而代之,写一些关于阿丝雅以及我俩关系的话,尽管赖希就坐在我旁边。我面对着一座几乎无法攻占的堡垒。然而,我对自己说,我在这座堡垒前——莫斯科——出现,就已经意味着初战告捷。只是,若要取得进一步的、决定性的胜利似乎有无法克服的困难。赖希的地位强而有力,他的成功显而易见,这是他在此地异常艰苦的半年里——语言不通,受了冻,也许还挨了饿——逐一获得的。今天早上他告诉我,经过这半年,他希望在这里拥有一席之地。他比阿丝雅少了些激情,但比她容易融入莫斯科的工作环境。当初,阿丝雅刚从里加到莫斯科的时候,她恨不得立刻返回欧洲,因为,要在这里找份工作、实现自我,希望渺茫。而当她后来找到了工作,在儿童院干了几个星期之后,又因为生病被打发走了。要不是她之前一两天登记成为了某一工会的成员,她现在也许就躺在那里,没人照料,也许已经死了也未可知。可以肯定的是,就是现在她还向往西欧。这不仅仅是对旅行、对外国城市、对花花世界放荡不羁的舒适生活的向往,而且还归因于其自身的思想在西欧，主要通过与赖希和我的交往，受到来自自由观念的深刻影响。至于阿丝雅究竟怎么可能在俄国形成了尖锐的观点，她又如何在前往西欧时就已带上了这些观点的问题，事实上，正如赖希最近说过的那样，是一个谜。对我而言，莫斯科现在是座堡垒。恶劣的气候使我大吃苦头，尽管这于我是健康的。语言不通、赖希的在场、阿丝雅的备受制约的生活方式，这一切形成了一座又一座堡垒。挺进彻底无望。阿丝雅的病，至少是她的虚弱，令一切与其有关的私人话题退居次要位置，也使得我没有被这一切完全打倒。至于能否达到此行的另一个目的，即避开圣诞节要命的忧郁气氛，还不得而知。我之所以仍充满了力量，还因为，尽管有重重阻挠，我依然能感到阿丝雅对我的亲近。看起来，我俩已习惯于称呼彼此为"你"。她那久久凝视我的目光——我想不起来，还曾有哪一个女人给过我如此长久的凝视和亲吻——对我产生的力量分毫未减。今天我告诉她，现在我想跟她生个孩子。听闻此言，阿丝雅有一些不同寻常，但却是自发的动作。鉴于眼下她对男女之事的克制，这些动作并非毫无意义，而是说明她喜欢我。比如说昨天，我为了避免和她争执而打算离开她的房间时，她使劲把我拦住了，并抚摸了我的头发。她还经常叫我的名字。就在这几天，她有一次对我说，我们现在没有生活在一座"荒岛"上，也没有生下两个孩子，这全是我一人的过错。她的话是有点儿道理的。曾有过三四次，我或直接或间接地避免与她共度未来：在卡普里时我没有同她"逃跑"——可又怎么逃呢？我拒绝陪她从罗马出发，前往阿西西和奥尔维耶托；1925年夏天我没跟她去拉脱维亚；同年冬天我又不愿允诺在柏林等她。这一切并非仅仅出于经济方面的考虑，更不是全然因为我有狂热的旅行嗜好——况且，近两年来我的旅行兴致已减——，而是因为我害怕她身上的敌意，而对此，我直到今天才感到有能力应对。这几天我也对她说过，要是当初我们结合了，我不知道我俩现在是否早已一刀两断。现在，在我身外和内心所发生的一切使我觉得和阿丝雅分开生活的这个想法不再像以前那样难以忍受了。当然，在这件事上，最主要的还是我担心，当阿丝雅日后恢复了健康并和赖希关系固定地在这里生活时，我只能承受巨大的痛苦而无法逾越我俩关系的界限。而至于将来我是否能摆脱这一关系，我还不知道。因为，我现在没有明确的理由能使自己完完全全地与她分开，还有一个前提，那就是我要有能力做到这一点。我最希望有个孩子能成为我和她之间的纽带。然而，即便在今天，我仍不知道是否能够与她共同面对生活中的千辛万苦，在她甜蜜可爱时，在她冷淡无情时。这里，冬天的生活多了一个维度：

空间因其冷热不同而千差万别。人们生活在马路上就像置身于冷冰冰的玻璃大厅，每做一次停留和考虑都困难得令人难以置信：为了寄一封信就得花半天的时间做决定；冒着严寒走进商店买东西也需要强大的意志力。除了特韦尔斯卡娅大街上的一家大型食品商店外(那里摆放着色泽鲜亮的成品菜肴，我只在我母亲的烹饪书上见识过如此的美味，在沙皇时代不可能有比这更丰盛的菜肴了)，其他商店都不适合驻足停留。再者，它们都很土气。很少看见像在西方城市的主街上常见的、大老远就能看清上面的公司名字的招牌；这里的招牌上往往只是写着商品种类，有时则画着钟表、箱子、靴子、毛皮等。在这里，皮革店的铁皮招牌上也画着那么一张传统的、摊开的毛皮。衬衫常常画在一块黑板上，黑板上方写着俄文"中国洗衣坊"。能看见许多乞丐。他们喋喋不休地恳求着过往的行人。其中一个乞丐，每当他觉得能从某个经过他跟前的行人身上有所收获的时候，他都会发出一声低吼。我还看见一个乞丐，其姿势与圣马丁为之拔剑割袍的不幸者一模一样，双膝跪地，伸出一条胳膊。临近圣诞节，在特韦尔斯卡娅大街上有两个孩子总是坐在革命博物馆墙边同一个地方的雪地里，破衣烂衫，呻吟哭泣。在所有莫斯科的机制中，唯独这些乞丐是可靠的，他们不做改变，坚守其位，这似乎成了他们亘古不变的悲惨命运的写照，或者也可能是某种高明组织的结果。因为，这里的其他所有东西都处于"维修"之中。在那些光秃秃的房间里，每个星期都要把家具重新摆放一遍——这是人们由这些家具获得的唯一的奢侈，然而，这同时也是一种极端的方式，它把"舒适"和作为其代价的"忧郁"一起逐出了屋门。各种政府部门、博物馆和机构不断地变换地点，街头小贩们也是天天出现在不同的地方，哪儿都有他们的地盘。所有的东西：鞋油、连环画、文具、蛋糕和面包，甚至毛巾等等都在露天的街头售卖，好像此时不是莫斯科零下二十五度①的冬天，而是那不勒斯的夏天似的。——下午，在阿丝雅那里我说过，我打算在《文学世界》上写论戏剧的文章。我们发生了短暂的争执。不过，我随后请求她和我一起玩多米诺骨牌。她最终同意了："如果你请求的话。我很软弱。我无法拒绝他人的请求。"可是，后来赖希来了，阿丝雅又说到了那个话题，导致了异常激烈的争吵。只是，当我从窗边起身离开，要去街上追赖希的时候，阿丝雅却抓住了我的手说："没那么糟。"晚上又在我房里继续争论了一会儿。他后来回去了。

---

　　①　列氏温标。——编者注

12 月 21 日

我走过整条阿尔巴特街，来到了斯摩棱斯克大道旁的市场上。这一天很冷。我边走边吃着在路上买的巧克力。市场上，沿街第一排的售货亭卖的是圣诞节用品、玩具和纸制品。后面的摊位出售铁制品、日用品以及鞋子等等。这个市场类似阿尔巴茨卡娅-普罗夏基街上的市场，只是，我猜想，这里不卖食品。还没走到那些售货亭跟前，沿途就挤满了装着食物、圣诞树饰品以及玩具的篮子，叫人简直无法从车行道走上人行道。我在一个摊头上买了一张俗气的明信片，又在别的摊头上买了一把巴拉莱卡琴和一个纸房子。在这里，我还看到了街上的圣诞玫瑰，一簇簇英勇的鲜花在冰天雪地中怒放，熠熠生辉。我提着东西，费力地寻找着玩具博物馆。博物馆已从斯摩棱斯克大道搬到克拉波特金娜街。好不容易找到它时，我已精疲力竭，没等迈进大门就恨不得返身而去：那门一下子推不开，我觉得门被锁上了。下午在阿丝雅那儿。晚上在科尔施剧院看了场蹩脚的戏（《亚历山大一世和伊万·库斯米奇》）。该剧作者在幕间休息时逮住了赖希——他称其剧中的主角为哈姆雷特的同道中人，我们费了好大的劲儿才从他的眼皮底下溜走，逃脱了最后几幕。看完戏，如果没记错的话，我们还买了吃的。赖希睡在我这里。

12 月 22 日

在与赖希的谈论中，我碰到一些重要的问题。我们经常在晚上长谈，谈俄国、戏剧和唯物主义。赖希对普列汉诺夫倍感失望。我试图向他阐明唯物主义和普遍主义的表现方式之间的对立。普遍主义的表现方式因为是非辩证的，所以总是唯心的。而辩证法则必然地朝着那个方向前进：它将其所遇到的每个命题或反命题重又作为三位一体结构的综合加以表现，它在这条路上不断地深入客体的内在并只在客体自身内表现一个宇宙。任何其他的宇宙观念都是没有客体的，是唯心的。此外，我还试图通过揭示理论在普列汉诺夫那儿的地位来证明他的非唯物主义的思想，并且以理论与方法的对立为依据。在其努力表现普遍的事物时，理论飘浮于科学之上；而方法的特征则是，每一个原则性的、普遍性的研究都能立刻发现一个其特有的客体。（比如，在相对论中研究时间和空间观念的关系。）还有一次，我们谈到成功被作为"中等"作家的决定性标准，谈到那些伟大作家之"伟大"的独特结构——他们之所以"伟大"，是因为他们的影响是历史性的，而不是反过来他们通过其作家的力量而拥有历史性的影响。人们只有通过一个又一个世纪的透镜才能看见那些"伟大"的作家，他们被这一面面透镜放大、着色。此外，这将导致面对权威的一种绝对保守的态度，而这一保守的态度恰恰只能由唯物主义的视角进行解释。另有一次，我们聊普鲁斯特（我给他读了一些我翻译的东西），然后谈到了俄罗斯的文化政策：旨在使工人了解全部世界文学的"教育纲领"；在英勇的共产主义时代领航掌舵的左翼作家遭到背弃；支持反动的农民艺术（艺术家协会的展览）。这天上午，我和赖希去《百科全书》编辑部办公室时，又一次觉得这一切都很现实。《百科全书》计划编三十到四十卷，其中单独给列宁预留了一卷。我们第二次去的时候（第一次白去了一趟），一个非常友善的年轻人坐在桌旁，赖希向他介绍了我，还举荐了我的学识。随后，我给他讲解我的"歌德"词条的提纲，这时，他立刻显得学力不逮，没有把握起来。这份提纲中的一些内容吓着他了，他最后要我在社会学的背景上刻画歌德的生平形象。然而，根本就无法唯物主义地描述一位作家的生平，而只能描述其历史影响。因为，倘若不考虑一位艺术家的身后影响，那么，他的存在及其纯粹按照时间顺序的整体创作是根本无法为唯物主义的分析提供对象的。布哈林的《历史唯物主义引论》中的完全唯心主义的、形而上学的提问很可能正是以这同样的非方法论的普遍性和直接性为特征的。下午在阿丝雅那里。最近，她房里躺着个犹太女共产党员。阿丝雅很喜欢她，和她有很多话说，而我却不怎么喜欢她在跟前，因为现在，就算赖希不在，我也几乎无法单独和阿丝雅说话。晚上在家待着。

12 月 23 日

上午，我去了库斯塔尼博物馆。又看到了很漂亮的玩具；这里的展览也是由玩具博物馆的馆长安排的。最漂亮的也许要数那些纸制小人了。它们大都站在一个小小的底座上，那底座要么是个小巧玲珑的、可以摇动曲柄的手摇风琴，要么是个斜面，按下去会发出声音。也有用同种材料做成的大大的人偶，造型略显怪诞，已属于一个没落的时期。博物馆里有一位衣着寒酸、惹人喜爱的姑娘正和两个小男孩用法语谈论着那些玩具，她是他们的家庭教师。三个都是俄国人。博物馆有两个展厅。在陈列玩具的那个大展厅里，同时还陈列着上了漆的木器模型和纺织品，小展厅里则展示着古老的木雕、形似鸭子或其他动物的箱子、手工艺工具等等，还有铁制品。我试图在位于楼下一个大厅内的、与博物馆相连的收藏库里找一些具有古代玩具特征的玩意儿，却一无所获。不过，在那里我倒看见了一大仓库的圣诞树饰品，如此之多，未曾所见。——后来，我去卡梅涅娃学院取《森林》一剧的戏票，并和巴塞基会了面。我们一起走了一段路。三点半时，我到了"赫尔岑之家"。我吃完饭赖希才来。我又要了咖啡，像以前一样，我发誓不再碰它。

下午，四个人玩了一局多米诺骨牌，我第一次和阿丝雅搭档。我俩大胜赖希和阿丝雅的同屋。后者和我约好之后在迈耶霍尔德剧院碰头，而赖希则去"瓦普"开会。为了和我交流，阿丝雅的同屋说的是犹太德语。可是，一开始我听不大懂，要是能多练习一会儿就不成问题了。这一晚搞得我很累，也许是因为我一开始没能找到阿丝雅的同屋，或者也因为她的不准时，我们迟到了，不得不站在后排观看第一幕演出。此外，还有那俄语。阿丝雅在同屋回去前一直没睡，不过后来，第二天她说，同屋那有规律的呼吸把她带入了梦乡。《森林》一剧中那有名的一幕口琴戏的确很棒，不过，由于阿丝雅的讲述，这一幕在我的想象中已是那么美妙动人、多情浪漫，以致当它真的出现在舞台上时，我竟一时难入其境。此外，戏中的精彩之处比比皆是：在丑角表演的钓鱼情节中，那颤抖的手令人仿佛看见上了钩的鱼在挣扎；在谈恋爱那一幕的整场表演中，演员始终在一条窄道上绕着圈儿地走，那窄道可由脚手架往下通向舞台。我第一次更为清楚地理解了建构主义舞台布景的功能，这是我在柏林看塔伊洛夫剧团演出时远远未曾如此清楚地意识到的，就更别说通过照片看出来的了。

12 月 24 日

写一写我的房间。房里的所有家具上都有一块铁皮标牌:"莫斯科旅馆",还有财产登记编号。旅馆一律由国家(或城市?)管理。眼下,在冬季,我房里的双层窗嵌着油灰,只能打开上面的一小扇。小小的盥洗台是铁皮做的,下面刷了漆,上面锃亮,有一面镜子。洗脸池底部的下水孔塞不住。一个水龙头,水流细细的。房间由外面供暖,不过,由于房间的位置比较特殊,连地板也是热的。在天气不太冷并且那扇小窗关着的时候,房里就很闷热。每天早晨九点前开暖气,这时,总有个工作人员会来敲门问那扇小窗是否也已关上。这是此地唯一可以信赖的事。这个旅馆没有厨房,因此连杯茶也喝不上。前一天晚上,我们请人第二天早晨叫醒我们,因为我们要坐车去看达佳。围绕着"叫醒"这个主题,那个"瑞士人"(这是俄语中对旅馆服务员的称呼)和赖希之间展开了一段莎士比亚式的对话。关于我们是否可以被叫醒的问题,那个男人回答道:"如果我们想起来的话,我们会叫的。要是我们想不起来的话,我们就不会叫。其实,大多数情况下,我们是会想起来的,我们自然会叫。不过,当然啦,我们有时也会忘记,要是我们想不起来的话。那我们就不会叫。毕竟，我们没有义务。不过，要是我们及时想到的话，我们肯定会做。你们想在几点钟被叫醒？——七点。我记一下。你们看到了，我把纸条放到那里，他会发现它的，是吗？当然，要是他没发现纸条，他就不会叫醒你们。不过，大多数情况下，我们会叫的。"结果，我们当然没被叫醒，他们的理由是："你们不是醒了吗，还要我们叫醒干吗？"这家旅馆似乎有很多这样的"瑞士人"。他们在底楼的一个小房间里。不久前，赖希去问是否有我的信件，一个男人回答说"没有"，尽管信就在他的鼻子底下。还有一次，有人打电话到旅馆要找我，只听回答说："他已经退房走了。"电话机装在走廊上；夜里，我睡在床上，常常在一点过后还听见有人在大声地打电话。这张床的中间有一个大凹坑，稍稍一动就会嘎吱作响。赖希夜里的呼噜声很响，我常被他吵醒，因此，除非累得要死，否则我很难入睡。下午，我会在房里睡着。账单每天得付，因为每一笔超过五卢布的费用都要交百分之十的税。为此浪费了多少时间和精力不言自明。——赖希和阿丝雅在街上碰上了，一起来了。阿丝雅感觉不舒服，回绝了伯尔丝晚上的邀约。她想待在我这儿。她带上了她的衣料，于是，我们离开了。我先送她去她的女裁缝那里，然后再去玩具博物馆。路上，我们走进了一家钟表店。阿丝雅把我的表递给钟表匠，那是个犹太人，会说德语。我和阿丝雅分手后，就坐雪橇去了博物馆。我生怕迟到，因为我还始终没有适应俄罗斯的时间尺度。由导游带领参观玩具博物馆。博物馆馆长巴特拉姆同志送给我一篇他写的文章《从玩具到儿童戏》，我把此文作为圣诞礼物送给了阿丝雅。随后去了学院；可是柯刚不在。我走到一个公交车站，打算坐车回去。这时，我看见一扇开着的门上写着"博物馆"这几个字，我马上意识到眼前所见正是"西方新艺术展之第二系列"。这个博物馆不在我的参观计划之内。不过，既然此刻就在跟前，我便走了进去。面对着塞尚的一幅美妙绝伦的画作，我突然想到，关于"移情"①一词的说法在语言上本就是错误的。我觉得，就把握一幅绘画而言，根本不是人进入画的空间，而是这一空间，最初在各个非常确定的位置，自行凸显。它在角角落落向我们展现自身，而我们确信能在这些角落里发现非常重要的过往的经验；这些地方有着一些无法解释的、令人觉得熟悉的东西。这幅画挂在两个塞尚展厅中的第一个的中墙上，正对着窗户，光线充足。画面上是一条林间小道，道路的一边是一片房子。这个博物馆的雷诺阿收藏就没有大规模的塞尚藏品那么出色

---

① 此词的德语原文为 Einfühlung，字面直译为：感觉进去。

了。不过，这其中也不乏相当精美的，尤其是雷诺阿的早期作品。在最初的几个展厅里，最打动我的却是两幅描绘巴黎林荫大道的画作，它们对称地相对而挂。一幅是皮萨罗的作品，另一幅则出自莫奈之手。两幅画都从一个高的立足点出发表现宽阔的街道，第一幅中的立足点在中间，第二幅中的立足点在侧旁。这第二幅画的视角倾斜角度很大，画中两个倚着阳台栏杆俯身面朝街道的男子的侧影就像紧挨着窗户戳进画面中似的，而画家正在那扇窗子里面作画。在皮萨罗的画中，灰色的柏油马路和数不清的华丽马车占据了绝大部分的画面。在莫奈的画里，一半的画面为一堵明亮的屋墙所占据，秋日金黄的树叶映照着半面墙壁。在这幢房子跟前，能隐约看见几乎为落叶全然覆盖的咖啡馆的桌椅，仿佛阳光下树林里的田园家具。而皮萨罗却再现了巴黎的荣耀，遍布烟囱的屋顶的线条。我感到了对这座城市的强烈向往。——在后面的一间小陈列室里，在路易斯·勒格朗和德加的画作旁，有一幅奥迪隆·雷东的画。——坐公交车回去后，我到处乱逛了很久，直到约定时间过后一个小时，我才终于来到和赖希约好见面的那家小地窖餐馆。由于时间已近四点，我们不得不马上分手，并约好在特韦尔斯卡娅大街的那家人食品商店再见。没几个小时就是平安夜了，食品商店里人头攒动。我们在买鱼子酱、鲑鱼和水果时，碰见了巴塞基，他拎着大包小包，心情很好。而赖希的心情却很糟。他对我的迟到非常不满。此外，我上午在街上买来的一条中国纸鱼和其他一些提溜了一路的玩意儿证明了我有收藏的癖好，这也令他感到不快。最后，我们还一起买了蛋糕、糖果，还有一棵挂着饰带的小圣诞树。我带着所有这些东西坐雪橇回去了。天早就黑了。我拎着树和大包小包挤过人山人海，精疲力竭。回到房间，我躺上床，一边读着普鲁斯特，一边吃着我和阿丝雅买来的糖衣果仁，她很喜欢吃这个。七点过后，赖希来了。稍晚一些，阿丝雅也来了。她整晚都躺在床上，赖希坐在她旁边的椅子上。等了很长时间后，茶炊终于来了——之前问他们要没要到，据说是因为一个客人把所有的茶炊都锁在他的房里而自己却离开了——第一次听见茶炊的鸣叫声充盈着一个俄国的房间。此时，我深深凝视着躺在对面的阿丝雅的脸。在那棵盆栽小圣诞树的近旁，多年以来我第一次体会到了平安夜的安全感。我们谈论了阿丝雅将要着手的工作，后来又说到了我的那本论悲剧的书，我读了此书的前言，这一前言是针对法兰克福大学而写的。阿丝雅认为，我应该不顾一切地就这么写下去：就算遭到法兰克福大学的否决。她的观点对我来说很重要。这个夜晚，我们彼此很亲近。我对她说的一些话令其开怀大笑。还有其他的话题，比如说一篇文章的观点，即认为德国哲学被当作德国内政的工具，这一思想引发了阿丝雅热烈的赞同。她不打算走了，感觉很好，也很累。可是，最终她不到十一点还是走了。我立刻上了床，因为我的这一晚尽管如此短暂，却已然完满。我发现，倘若那个我们所爱的人，就算其身在别处、无法企及，与你同时感到孤独的话，那么对我们而言就不存在孤独。由此看来，孤独的感觉从根本上讲是一种反射现象；只有当我们所熟悉的人，尤其是我们所爱的人在没有我们陪伴的情况下悠然自得时，这一现象才会反射到我们自身。因此，纵使是一个本性孤僻的人，如果生活中有这种人的话，也只有在想念某个与之共处能令其不觉孤独的女子，即便是个陌生的女子，或某个人时，才会感到孤独，倘若那被思念者本身并不孤独的话。

12 月 25 日

我已放弃凑合着说我那有限的、结结巴巴的俄语，并且暂时不打算继续学它，因为我在此地急需时间做别的事情：翻译、写文章。要是下次再来俄国，我得带上一些事先学会的语言知识，否则肯定是行不通的。不过，既然我眼下并不想为将来制订积极的计划，所以，我并不确定这一点：说不定将来情况有变，也许比现在的情况更不利，那时学俄语对我来说就会变得十分困难。至少，我的第二次俄国之行得做好文学和经济方面的充分准备。迄今为止，不懂俄语从来没有像在圣诞节的第一天那样令我感到烦恼和痛苦。当时，我们在阿丝雅的同屋那里吃饭——我出钱买了一只鹅，为此，我和阿丝雅几天前还吵了一架。现在，鹅被分成几份盛在盘子里端上了桌。做得不好，太老。饭是在一张写字台上吃的，围坐了六至八个人。席间只说俄语。冷盘不错，是一道犹太风味的鱼，汤也很好。吃完饭，我走进隔壁的房间，睡着了。醒来后，我继续在沙发上躺了一会儿，满心忧伤，眼前又一次(经常如此)浮现起当年我读大学时从慕尼黑去往塞斯豪普特的情景。后来，赖希或阿丝雅不时地试着为我翻译一些他们谈话的内容，可这么一来却叫人觉得加倍的费劲。他们谈论了一阵战争学院的一位将军，此人早年是个白卫军，内战时曾命令绞死所有被捕的红军，如今则成了教授。他们争论着该如何评价此事。谈论中最正统的是一位年轻、狂热的保加利亚女子。最后，我们离开了，赖希和那位保加利亚女子在前，阿丝雅和我尾随其后。我真是精疲力竭。这一天没有有轨电车。由于赖希和我不能坐公交车随行，我们别无他法，只得步行很长一段路去莫斯科艺术剧院。为了收集更多的材料来写《舞台上的反革命》，赖希打算在那里看《俄瑞斯忒亚》一剧。他们给了我们第二排中间的座位。我刚走进剧场，一股香水味就扑鼻而来。我没看到任何一个穿蓝衬衫的共产党员，倒是看到了在乔治·格罗斯的每一本相册里都能发现其身影的几种人。这出戏彻头彻尾地体现了完全过了时的宫廷剧的风格。导演不仅缺乏所有的专业素养，也不具备演出埃斯库罗斯悲剧所需的最基本的知识储备。一种褪了色的、沙龙式的希腊风格似乎完全填满了他贫乏的想象力。音乐简直没完没了，其中有许多瓦格纳的作品：《特里斯坦》，魔火。

12 月 26 日

阿丝雅待在疗养院的日子看起来要结束了。最近几天在露天的躺卧对她大有好处。她喜欢躺在睡袋里听乌鸦在空中啼鸣。她还相信鸟儿们有严密的组织并由其首领下达命令。她认为，长时间停顿后的特定的鸣叫声就是命令，所有鸟儿都必须遵循。最近几天，我几乎没有单独和阿丝雅说过话，然而，就在我们所交流的只言片语中，我觉得能明显感到她对我的亲近，我倍感安心，感觉良好。我不知道有什么能像她那最细微的、有关我的情况的询问那样给我以抚慰，令我深深感动。当然，她并不经常这么做。不过，比如说这一天她在吃饭的半当中，在他们说俄语的时候，倒是问过我前一天收到了什么邮件。吃饭前，我们分成三队玩了多米诺骨牌。饭后的情形则远远好于前一天。他们唱了由犹太德语歌曲改写而成的共产主义歌曲（我猜想，这并非有意戏仿）。除了阿丝雅，房里都是犹太人。在场的还有一位来自符拉迪沃斯托克的工会书记，他是来莫斯科参加第七届工会大会的。这么说来，这饭桌旁聚集了整整一拨从柏林到符拉迪沃斯托克的犹太人。我们提前把阿丝雅送了回去。之后，我在回旅馆前邀请赖希去喝咖啡。接着，他便说了起来：他越往周围看，越觉得孩子是个巨大的烦恼。之前在阿丝雅的同屋那里做客的还有一个非常听话的小男孩。就在我们大家坐着玩多米诺骨牌并且等开饭已经等了两个小时的时候，这个小家伙终于忍不住哭了起来。事实上，赖希脑袋里想的当然是达佳。他讲到了阿丝雅的慢性恐惧症，这大多与达佳有关。他又絮叨了一遍阿丝雅在莫斯科逗留的整个情形。在与阿丝雅交往的过程中，我常常惊讶于赖希巨大的耐心。眼下，他也没有流露出丝毫不悦与怨恨，只是显得紧张。我们谈着谈着，他的紧张消失了。赖希抱怨道，恰恰是现在，阿丝雅的"利己主义"——对她来说最重要的是听任事物顺其自然——不起效了。接下去继续待在莫斯科令她感到不安，想到可能要搬家，她就痛苦不堪。归根结底，她现在的要求无非就是过上几个星期安逸舒适的资产阶级生活，而这是赖希在莫斯科自然无法满足她的。顺便说一下，我倒还没有觉察到阿丝雅的不安。直到第二天，我才发现了这一点。

12 月 27 日

疗养院里阿丝雅的房间。我们几乎每天下午从四点到七点都在那里。通常在五点左右，隔壁一间房里的一位女病人就会开始弹奏一个或半个小时的齐特琴。她弹的永远都是悲伤的和弦。音乐与这些光秃秃的墙壁格格不入。不过，阿丝雅似乎并不讨厌这单调的弹拨声。我们去的时候，她往往躺在床上。她对面的一张小桌上放着牛奶、面包，还有一个装着糖和鸡蛋的盘子，赖希常常会带些鸡蛋走。这一天，她让赖希也给我带个鸡蛋，还在上面写了"本雅明"。阿丝雅在裙子外面罩了一件灰色羊毛的疗养院病号服。在房里属于她的那个舒适的角落里有三把不同的椅子，我常坐在其中那把深深的靠背椅上。此外，还有一张床头柜，上面放着杂志、书籍、药品、一个也许属于她的彩色小碗、我从柏林带给她的冷霜、一面我以前送给她的小镜子，还有斯通为我设计的《单行道》的护封也长时间地摆在那儿。阿丝雅常常忙于做一件给自己的衬衣，在一块布料上缝来缝去。——来自莫斯科大街的光源：雪强烈地反射着灯光，几乎所有的街道都是那么明亮；小店铺里亮着明晃晃的电石灯；还有那汽车的车灯，在街上能照到几百米以外。在其他大城市，这样的车灯是禁止的。在此地，无法想象还有什么比这么放肆地招摇为数不多的汽车更令人恼火的事了。这些汽车服务于少数获利于新经济政策的新贵（当然还有当权者），它们超越了普遍的行走困难。——这一天没什么重要的事情可记。上午在家工作。午饭后和赖希下国际象棋，我输了两局。这一天，阿丝雅的心情糟糕透顶，我从来没有见识过她这般的恶毒与刻薄，不得不说由她扮演赫达·盖布娜会十分令人信服。她甚至不能忍受关于其身体状况的最基本的询问。最后，实在没法，只能让她一个人待着。我们，我和赖希，希望她能跟着去玩多米诺骨牌，但希望落空了。每一次有人走进游戏室，我们都白白地转过身去张望。玩过一局后，我们又去了她的房间，不过，我很快就拿了一本书又回到了游戏室，直到快七点了才再次露面。阿丝雅非常不友好地把我打发走了，不过，后来她让赖希捎给我一枚鸡蛋，她在上面写了"本雅明"。我们回到旅馆房间不久，她就走进来了。她的心情转变了，她看一切又顺眼了，下午的行为肯定令她感到抱歉。然而，回顾最近一段时间的总体情况后，我发现，自从我来以后，阿丝雅的康复情况，至少是其紧张状态的康复，几乎没有进展。——晚上，赖希和我就我的写作及今后的创作道路进行了一次长谈。他认为我写东西不够直截了当。

同时，他的另一相关说法也很确切：在伟大的作品中，那些令人信服的、凝练精辟的句子与所有句子的总数之间的比例为一比三十，在我的作品中则为一比二。他讲的这些都对。（后面一点甚至可能体现了早年菲利普·凯勒尔对我的深刻影响的残余。）然而，我却不得不持有与他相反的观点，这些观点在我很久之前写了《语言本论以及人类的语言》一文之后从未令我生疑。我提请他注意所有语言实体的极性：同时既是表达又是告知。这听起来无疑使人联想到我们经常谈及的话题，即当代俄罗斯文学中的"语言的破坏"的倾向。因为，告知者在语言中的毫无顾忌的发展，势必导致语言的破坏。而另一条将语言的表达特征上升至绝对的道路，将会在神秘的沉默中到达终点。眼下，在我看来，在表达与告知这两者中，似乎更倾向于后者。然而，妥协，无论什么形式，总是必要的。不过，我承认，我自身的创作正处于关键状态。我对他说，我看不到眼前的出路，因为，只有具体的任务和困难才能真正使我前进，而不是纯粹的信念和抽象的决心。这时，他却提醒我注意我写的关于城市的文章。这给了我很大的鼓舞。我开始更有信心地考虑如何描写莫斯科。谈话结束前，我给他读了我对卡尔·克劳斯的描写，我们在谈话中也提到了他。

12 月 28 日

我想，没有哪座城市会像莫斯科这样拥有如此之多的钟表匠了。由于此地的人们并不十分关注时间，这就愈加显得不同寻常了。不过，也许有什么历史的原因。留意一下当地人在街上走路的样子，很少看见他们行色匆匆，除非天气非常寒冷。人们漫不经心，走得歪歪扭扭。（有桩很典型的事情：赖希曾经告诉我，在某一家俱乐部酒馆的墙上挂着一块警示牌，上面写着："列宁说过：'时间就是金钱。'"在这里，为了说出这么一句陈词滥调，得把最高权威搬出来。）这一天，我去取了修好的手表。——早晨下了雪，白天也常常飘雪。后来，天气有所转暖。我能理解阿丝雅在柏林时为何思念雪，赤裸裸的柏油马路为何令她感到痛苦。这里的冬天一如身着白色羊毛的农民，裹着厚厚的雪袄前行。——早晨，我们醒来晚了，后来去了赖希的住处。无法想象还有比这么一个小资产阶级的住所史可怕的屋子了。满眼的罩子、壁架、软垫、窗帘压抑得人透不过气来；空气里弥漫着厚尘。窗边的角落里有棵高高的圣诞树。就连这树也很丑，树枝干瘦，顶上有个奇形怪状的雪人。从有轨电车站一路走来使我感到很累，再加上这屋子给我造成的惊吓使我没来得及看清屋子的整体环境就仓促应允了赖希的建议，一月份搬来这里与他同住。这些小资产阶级的房间俨然战场，商品资本肆意进攻，凯歌高奏，而人本的东西却再也无法在此生根开花。不过，我喜欢穴居，我也许将在这间屋子里不错地完成我的工作。只是还要考虑一下，我是否应该放弃目前住处的极好的战略位置，或者就为了房钱的缘故而保留它，但因此会减少每天与赖希的接触，而他对我的信息来源至关重要。后来，我们在郊外的街道上走了很久，赖希要带我去参观一家主要生产圣诞树饰品的工厂。在这些街道上，莫斯科这片被赖希称为"建筑艺术的草原"显得比市中心更具野性。在宽阔的大道两旁，农家风格的乡村木屋、"青春艺术风格"的别墅以及一幢外表普普通通的六层楼房交替出现。雪积得厚厚的，突然一片寂静，叫人觉得仿佛置身于俄罗斯腹地的一个越冬的村庄似的。在一排树的后面有一座教堂，蓝色和金色的圆顶，临街的墙上照例安着有栅栏的窗户。此外，这里的教堂外墙上常常还有圣徒的画像，就像在意大利只有在最古老的教堂才能见到的那样（比如，卢卡的圣弗瑞吉阿诺教堂［实为：圣弗瑞迪阿诺教堂］）。不巧的是，那名女工正好不在，我们没能参观那家工厂。我和赖希很快分了手。我走过库斯涅茨基大桥去逛书店。莫斯科最大的书店（从外表判断）就在这条街上。我在橱窗里也看到了外国文学书籍，不过贵得离谱。俄文书几乎无一例外都是平装出售。这里的纸张价格是德国的三倍，大都是进口纸，因此，在我看来，他们就在书籍的装帧上节省成本。我去银行换了钱后，在路上买了一个热腾腾的馅儿饼，这种饼满大街都有得卖。没走几步，一个小男孩朝我冲来。我好不容易才弄明白，他不是要钱而是要吃的，于是，我就掰了一块饼给他。——中午下棋，我赢了赖希。下午在阿丝雅那里，和前几天一样平淡乏味。由于恐惧症，阿丝雅有些迟钝。我犯了个大错，居然帮着赖希反驳她的那些十分愚蠢的指责。于是，第二天，赖希就对我说，他要一个人去阿丝雅那里。而到了晚上，他又似乎想表现得非常友善。时间太晚了，我们不能按原计划去看伊列什剧作的彩排了，而且阿丝雅也不会来了，于是，我们就去克瑞斯坦斯基俱乐部旁听一场"审讯"。我们到那里时是八点半，得知人家一个小时前就开始了。大厅已满，不再让人进入了。不过，一个聪明的女人却想到利用我的在场来做文章。她发现我是外国人，就介绍说赖希和我是她陪同的外宾，就这样，她把自己和我们都带了进去。我们走进一个挂着红色帷幕的大厅，里面大约坐了三百人。大厅里人满为患，许多人站着。一个壁龛里摆着一尊列宁的半身像。审讯在台上进行，左、右两侧是无产阶级人物的画像，一个农民和一个工人。审讯台上方悬挂着苏维埃徽章。我们到时，传讯证人的过程已经结束，一位鉴定人正在发言。他和一位同事坐在一张小桌子旁，对面是辩护人的桌子，两张桌子的纵侧面朝向审讯台。法官席正对着观众，前面的椅子上坐着被告，这是一个农妇，身穿黑衣，手拄一根粗拐杖。所有工作人员都衣冠整洁。被告被指控非法行医，害人性命。这个农妇在一次帮人接生（或堕胎）时，因失误导致了不幸的后果。围绕这起案件的法庭辩论极其马虎草率。鉴定人给出了鉴定：产妇的死完全是由被告对其施行的手术造成的。辩护人争辩说，被告没有恶意，且乡村缺乏公共卫生援助及宣传教育。公诉人要求判处死刑。农妇的最后陈词：人总是要死的。随后，主审法官面对观众：有问题吗？一个共青团员来到台上，强烈要求从严惩处。之后，退庭商议，休庭。宣判时全体起立。酌情减刑，判有期徒刑两年。由此排除了隔离监禁。主审法官从他的角度指出了在农村地区建立卫生医疗及教育中心的必要性。审判结束后，人们散了。此前，我在莫斯科还从未见过这样的一些再普通不过的老百姓聚集在一起。他们当中兴许有许多农民，因为这家俱乐部就是特别为农民而办的。我被带领着在俱乐部里到处参观。在阅览室我发现，墙上张贴的都是些直观的东西，就跟我在儿童疗养院所看到的一样。尤其是那些统计图表，其中部分配有彩色插图，是由农民们亲手制作的（村庄纪事、农业发展、生产条件、文化机构等都有记载）。此外，这里的墙上还到处陈列着工具、机器零件、化学蒸馏瓶等等。我好奇地走到一个壁架前，架子上的两个黑人面具冲着我狞笑。不过，再仔细一看，才知道那是防毒面罩。最后，他们还带我去了俱乐部的宿舍。这些宿舍是为进城"奉命公干"的农民或农妇的个人或团队而准备的。大房间里大多摆着六张床，每个人过夜时都把衣物放在自己的床上。盥洗室肯定在别的什么地方，房间本身是没有盥洗条件的。墙上挂着列宁、加里宁、李可夫等人的画像。在此地，对列宁的偶像崇拜尤为泛滥。在库斯涅茨基桥边我看见有一家列宁专卖店，出售各种尺寸、各种姿势、各种材质的列宁像。俱乐部的娱乐室里正在播放广播音乐会，那里有一幅生动的、真人大小的列宁半身浮雕，画面上的他正在作演讲。就连大多数公共机构的厨房和洗衣房里都挂着列宁的小画像。这幢房子能容纳四百多位客人。我们在那位帮我们混进来的女导游的陪同下走着，觉得越来越不胜其烦。当我们终于离开她单独待着的时候，我们决定再去一家酒馆，看看那里的夜间娱乐。我们走进酒馆时，看见门口有几个人正费劲地把一个醉鬼抬走。屋子不算太大，不

过，没有完全坐满。人们或单独或三五成群地坐着喝啤酒。我们坐得离木板搭的台子很近，木台的后面隔着一片迷蒙的草地，上面有一小堆废墟，仿佛要与空气融为一体。不过，这幅立体图画不足以涵盖木台的整个长度。两首歌曲之后是今晚的压轴节目——一场"戏剧表演"，实际上是一出取材于叙事诗或抒情诗的改编戏。看起来就像是给一首首情歌和农民歌曲套了一个戏剧的框架。一开始只有一个女子上场，倾听鸟鸣。随后，从布景后走出一个男子，接着又不断有人走上舞台，直到舞台上站满了人。整出节目在合唱与群舞中结束。这样的表演与家庭欢聚并无多大区别，不过，也许正是因为现实生活中家庭欢庆的衰亡，这样的舞台表演对小资产阶级而言才更具吸引力。喝啤酒时的下酒菜很独特：小块的白面包和黑面包干，外面有层盐巴，还有浸在盐水里的干豌豆。

12月29日

对老百姓而言,俄罗斯已开始成形。一部大型的宣传影片《在世界六分之一的土地上》即将上映。摊贩们把苏联地图堆放在街上的雪地里售卖。迈耶霍尔德在《我们的欧洲》一剧中使用了这张地图。在这张地图上,西方是一个由诸多小俄罗斯半岛构成的复杂体系。这张地图就和列宁的肖像一样几乎成为新的俄罗斯偶像崇拜的一大中心。与此同此,旧的偶像崇拜在教堂中延续。这一天,我在闲逛时走进了卡赞圣母教堂。阿丝雅曾告诉过我,她喜欢这座教堂。教堂坐落在红场一角。首先步入一个宽敞的前厅,里面是寥寥几幅圣徒像。这前厅似乎主要供那位看守教堂的妇女使用。里面阴沉沉的,昏暗的光线倒挺适合策划阴谋。在这样的屋子里可以密谋最可疑的勾当,甚至大屠杀,假如凑巧的话。紧邻前厅的是真正的祈祷室。登上后面的几级小台阶便是一个狭窄、低矮的台子,在台上可以走过一幅幅圣徒画像。祭坛与祭坛的间距很小,每一个上面都有一盏红色小灯闪烁着微光。祈祷室的侧墙上是大幅的圣徒像。墙上没有被画像遮住的地方都涂着闪亮的金色。天花板上的画俗不可耐,从上面垂下一盏水晶枝形吊灯。我坐在祈祷室入口处的一把椅子上观看仪式。这是最古老的圣像崇拜仪式。祈祷者或忏悔者一边画着十字一边问候大幅圣像，然后下跪，额必触地，接着又在胸前画十字，走向下一幅圣像。在用玻璃罩着的、或单独或成排放在斜桌面上的小幅圣像前，跪拜的仪式没有了，人们俯身在画像上，亲吻玻璃。我走过去，发现在同一张斜桌面上除了珍贵的古代画像外还有许多不值钱的油印画。莫斯科的教堂比预料的要多。西欧人是通过空中耸立的尖塔来寻找教堂的。一开始，得习惯于将长长的围墙和许多低矮的圆顶归于由一座座修道院或小教堂形成的开阔的建筑群落。随后，也就明白了为什么莫斯科在许多地方看起来像座密不透风的堡垒：低矮的塔顶在西方是世俗住宅建筑的特征。我从邮局发了电报出来，又去综合技术博物馆转了很久，没有找到精神病人绘画展。为了补偿自己，我就沿着"中国城"的城墙一路逛小摊。这里是旧书交易的中心。在这里搜寻有意思的非俄语的文学书籍一无所获。旧版的俄语书（从装帧判断）也没有。然而，在最近这几年，肯定关闭了许多图书馆。不过，也许只是列宁格勒的图书馆少了，而莫斯科的没少？在一个小摊上，我给斯特凡买了一只口琴。——再说说街头的买卖。所有圣诞用品（包括银丝条、蜡烛、烛台、圣诞树装饰品以及圣诞树）在 12 月 24 日后还在卖。我想会卖到第二个教会圣诞节为止。——比较一下小摊上的价格和国营商店里的价格。在 12 月 8 日买了 11 月 20 日的《柏林日报》。在库斯涅茨基桥上有个男孩，依次敲打着一个个陶罐和小碟子、小碗，向人表明它们有多么结实。在奥霍特尼街上有个奇怪的现象：女人们摊着手站在那里，手上铺层稻草，上面要么放块生肉，要么摆只鸡或诸如此类的东西，向过往的路人兜售。她们是没有营业执照的小贩。她们没有钱付摊位费，也没有时间为租一天或一周的摊位去排队。要是民警来了，她们拿着东西就跑。——下午的事不记得了。晚上和赖希一起在我住的旅馆附近看了场糟糕的电影（伊林斯基演的）。

12 月 30 日

　　那棵圣诞树还在我房里摆着。我渐渐掌握了周围那些声音的结构体系。序曲始于清晨，引入了全部的主导动机：先是踩踏楼梯的声音，楼梯在我房间的对面，通往地下室。大概是工作人员从那里走上来开始上班。接着，走廊里开始打电话，一直打到夜里一两点，几乎没有间断。在莫斯科打电话真不错，比在柏林和巴黎要好。所有电话只需三四秒钟就能接通。我听到特别多的是一个孩子扯着嗓子对着电话讲话。耳朵里听了那么多的数字，也就慢慢听得懂俄文数字了。随后，九点左右会有一个男人前来挨个敲门，问房里的那扇小窗是否已经关上。这个时候开始供暖。赖希猜想，会有少量的煤气透过那扇小窗——即使它是关着的——渗进我的房间。晚上，房间里常常闷得透不过气来，可见赖希的话是有可能的。另外，地板也往外冒热气，就像火山地带，有的地方热得发烫。要是这时还没有起床，一阵有节奏的敲打声就会把睡梦震醒，好像在捶打巨大的牛排似的。这是有人在院子里劈柴。伴随着所有这些声响，我的房间宁静地呼吸着。我很少住过比这一间更容易让人工作的屋子。——记录一下俄罗斯的形势。在与赖希的交谈中，我详述了我的观点，认为目前俄罗斯的形势很矛盾。政府对外寻求和平，以便与帝国主义国家签订贸易合同。不过，其主要还是力图（在内政方面）搁置军事共产主义，寻求暂时的阶级和平，尽可能使公民的生活去政治化。而另一方面，年轻人却在先锋组织，在共青团接受"革命的"教育。这意味着，革命的事物并非作为经验，而是作为口号为其所接受。人们试图在国家生活中切断革命进程的动力——无论人们愿意与否，都已进入修复期，而人们却无视于此，希望在年轻人身上储备革命的能量，就像电池储存电力一样。这么做行不通。必须由此在大多数接受过一定教育的第一代年轻人中培养共产主义者的自豪，这在俄国已有了一个专门的词汇。修复期的特别的困难也十分明显地体现在教育问题上。针对灾难性的受教育程度低下的状况，俄国人提出口号，要传播俄国及西欧的经典。（而正是主要由于这个原因，迈耶霍尔德将《钦差大臣》搬上舞台以及该剧没有获得成功才被赋予了如此重大的意义。）至于这一口号是多么必要，听了不久前在一场辩论中列别丁斯基对赖希所说的关于莎士比亚的话就能够衡量得出：莎士比亚生活的年代尚未发明印刷术。另一方面，这些资产阶级的文化价值本身已经随着资产阶级社会的衰亡进入了生死存亡的关键阶段。在过去的一百年间，这些价值在资产阶级的手中形成与发展，如今，它们将无法被剥夺，要是不能同时令其丧失其最后的，即便还是成问题的、糟糕的重要性的话。在一定程度上，这些价值就像昂贵的玻璃一样必须经受住长途运输的考验，而假如没有包装，它们是无法免于破碎的。然而，包装就意味着使其变得看不见，这就与官方，即党所要求的对这些价值进行普及相对立了。如今，在苏维埃俄国的情形是，这些价值恰恰就是以被扭曲了的、无望的形态被普及着，而这样的形态最终须归功于帝国主义。像瓦尔策尔（奥斯卡·瓦尔策尔）这样的人被任命为科学院院士。科学院院长柯刚在《莫斯科晚报》上撰文谈论西方文学，完全无知地随意关联（居然把普鲁斯特和布罗恩扯在一起！），并企图凭几个名字来提供关于外国的"信息"。不过，也许美国文化是西方文化中唯一能令俄罗斯生动理解并值得其去研究的文化。文化上的民族谅解本身，也就是说不以具体的经济关系为基础，是帝国主义之和平主义变种的兴趣所在，对于俄罗斯而言这是修复期的现象。此外，由于俄罗斯掐断了与国外的联系，信息的获取就越发困难了。更准确地说：与国外的联系基本上都经由党，且主要涉及政治问题。大资产阶级已被毁灭；新兴的小资产阶级在物质与精神上都无法在与外国的关系中牵线搭桥。现在，如果不是受国家或党的委派前往国外的话，办理一张出国签证得花两百卢布。毫无疑问，俄罗斯对外国的了解远远少于外国对俄罗斯的了解（也许要将罗曼语族的国家排除在外）。在这里，人们主要致力于在广袤的领土上建立各民族之间的联系，不过，最主要的还是建立工人与农民之间的联系。可以说，俄罗斯人关于外国文化的极其有限的了解就好比十卢布的钞票：在俄国本土很值钱，但在国外却不是流通货币。极有意思的是：有个叫伊林斯基的普普通通的俄国电影演员是个恬不知耻的、粗俗的卓别林模仿者，却在此地享有喜剧名家的盛誉，只因为卓别林的电影太贵，这里的人们看不到罢了。总体而言，俄罗斯政府在外国电影方面的投资是很少的。那些相互竞争的电影业都对占领俄国市场怀有兴趣，俄罗斯吃准了这一点，就能廉价购买外国电影，一些片子几乎被当作广告样片或宣传样本而白送予它。俄国电影本身的平均水准——佳作除外——却并不太高。俄罗斯电影要为题材而奋斗，因为俄国的电影审查是很严的；与戏剧审查完全不同的是，电影审查——也许是考虑到国外的情况——限制了俄国电影的题材范围。在电影中对苏维埃领袖进行严肃的批评是不可能的，这与戏剧中的情况不同。不过，表现资产阶级的生活也是不可能的。美式荒诞喜剧在这里同样缺乏生存空间。这样的戏立足于毫无约束的技巧游戏。然而，一切技巧的东西在此地都是神圣的，没有什么比技巧更被当回事了。不过，俄罗斯电影对性爱最是无知。众所周知，对爱情与性生活的鄙夷属于共产主义的信仰。在电影或戏剧中表现悲剧的爱情纠葛会被视为反革命宣传。如果说社会讽刺喜剧尚有存在的可能，那么其讽刺的对象基本上是新生的资产阶级。至于在这样的基础上，电影作为帝国主义统治民众的首当其冲的机器之一是否会被剥夺，这很成问题。——上午工作，后来和赖希一起去了国家电影局。潘斯基却不在。我们一同坐车去了综合技术博物馆。精神病人绘画展的入口在一条支路上。展览本身令人兴味索然；作品几乎无一例外缺乏艺术趣味，不过布局倒是不错，无疑具有科学研究的价值。参观时，有人为我们做简短的解说。不过，我们所听到的无非是展品旁的小纸片上已经写明了的内容。离开博物馆，赖希先坐车去了"赫尔岑之家"，我后来也去了。在此之前，我先去了卡梅涅娃学院要了晚上的由塔伊洛夫执导的演出戏票。下午在阿丝雅那里，还是很无聊。赖希在疗养院（从那个乌克兰人那里）给自己借了一件第二天穿的毛皮大衣。我们及时赶到了剧院。上演的是奥尼尔的剧作《榆树下的爱情》。演出非常糟糕，女演员珂楠饰演的角色尤其令人失望，没意思透了。有意思的倒是通过落幕和灯光变化把该剧分割成一幕幕单独的场景（电影化）——不过，赖希正确地指出，这种处理方式是不恰当的。该剧的节奏比此地一般的戏快了许多，而布景的动态又使节奏变得更快。布景同时展现了三个房间的横截面：底层是个大房间，看得到室外和出口。从一定的位置看过去，这房间的墙壁呈一百八十度角"竖立"着，于是，室外就从四面八方照进了室内。另外两个房间在第二层，由一道楼梯通达。楼梯被隔板挡住了，观众看不到。看演员们横穿隔板上下楼梯颇有意思。石棉幕布上分六栏预告了随后数日的节目。（该剧院周一休演。）赖希请求我在沙发上过夜，我同意了，并答应第二天早上叫醒他。

12 月 31 日

这天，赖希坐车去看达佳。十点左右，阿丝雅来了（我还没有收拾好），我们去了她的裁缝那里。这次外出从头到尾都很沉闷、乏味。一开始就是一通指责：说我把赖希拽到东拽到西，把他累坏了。后来，她对我承认说，这些天她生我的气是因为那件我送给她的丝绸衬衫的缘故。她第一次穿就把它扯破了，因为她把它当罩衫穿了。我还愚蠢地说了一句，这衬衫是我在柏林维特海姆百货公司买的。（扯了个小谎——这终究是愚蠢的。）不过，我也没法多说什么，因为我一直在等待柏林的消息，真叫个磨人，我又感到心烦意乱了。最后，我们去一家咖啡馆打算坐上几分钟。可是，这咖啡馆就像白去了一样。阿丝雅只想着一件事：准时回疗养院。我不知道，为何最近几天，当我俩共处时，当我们的目光注视彼此时，那所有的生机全都消失不见了。然而，我所感到的不安令我无法掩饰这一事实。阿丝雅所希求的那种山盟海誓般的专一恰是我所无法给予的，因为我没有得到任何来自她的鼓励与友善。她自己正因为达佳的缘故而心情糟糕，赖希带回来的消息至少不能令她满意。我正在考虑下午少去看她，因为就连那个小房间也令我感到压抑。现在，那里很少只有三个人，经常是四个，而要是阿丝雅的同屋有客人的话，那人就更多了。我听着那么多的俄语，什么也听不懂，不是打瞌睡就是看书。下午，我给阿丝雅带去了蛋糕。她却只是一味地责备，心情糟糕透顶。赖希已经在我之前半个小时去了她那里——我要把给黑塞尔（弗朗茨·黑塞尔）的一封信写完——，他讲的关于达佳的情况令阿丝雅的情绪非常激动。气氛始终阴沉沉的。我早早离开，去迈耶霍尔德剧院为我们取当晚上演的《我们的欧洲》的戏票。之前还回了一趟旅馆，告诉赖希演出于七点三刻开始。我顺便看了看有没有邮件：什么都没有。中午，赖希帮我联系上了迈耶霍尔德，他同意给我戏票。我好不容易才找到第二经理，在那里取了票。令人吃惊的是，阿丝雅按时来了。她又围着她的黄围巾。这几天，她的脸泛着一种可怕的光泽。演出还没开始，我们站在布告前，我说："其实，赖希是个了不起的家伙。""?""要是今晚我不得不独自坐在什么地方的话，我会忧郁得上吊。"不过，即便我说了这些话也没有使我们的交谈变得活跃。那出歌舞剧非常有意思，有那么一会儿——我已不记得是看到什么地方的时候——我俩又觉得彼此很亲近。我想起来了，是《里西咖啡馆》那幕，伴着音乐和印第安舞。"十五年来，"我对阿丝雅说道，"这种印第安浪漫风情风靡全欧洲，其所到之处，人们无不为之倾倒。"幕间休息时我们和迈耶霍尔德交谈。第二次休息时他让一位女士带我们去"博物馆"，那里保存着他的舞台布景的模型。在那里，我看到了《可笑的男人》一剧的精美的场景布置，《布布斯》一剧有名的用竹子围起来的布景（在演员上台与下台时以及剧中所有重要之处，都会由竹管发出或响或轻的击打声），还有《咆哮吧，中国!》一剧中的船头和舞台前方的水以及其他东西。我在一本书里签了名。最后一幕中的枪击令阿丝雅感到烦扰。第一次休息时，我们去找迈耶霍尔德（直到休息快结束时我们才找到他）。有片刻时间，我在阿丝雅前面走着台阶。这时，我感到阿丝雅的手碰到了我的脖子。我的衣领翻翘着，她把它又翻服帖了。这一触碰使我意识到我已有很久没有被哪只手亲切地触摸过了。十一点半，我们又来到了大街上。阿丝雅责备我什么都没有买，她说，否则她还会去我那儿庆祝除夕的。我请她再去咖啡馆坐坐，却是徒劳。她也不认为赖希可能会买了吃的。我很伤心，一声不吭地陪她回去。这一晚的雪泛着星光。（还有一次，我在她的大衣上看到了水晶般的雪花，在德国也许永远不会有这样的雪花。）到了她的住所前，我几乎是有意违逆，并且是为了试探她而非出于真情地请求她给我一个吻，就在岁末。她没有吻我。我转过身，此刻，在新年来临之际，固然落寞，却并不悲伤。因为我知道阿丝雅也是孤独的。我刚走到旅馆前，一阵微弱的钟声恰好响起。我驻足聆听了一会儿。赖希开了门，大失所望。他买了很多东西：波尔图葡萄酒、哈尔瓦、鲑鱼、香肠。这时，我又为阿丝雅没来我这里而感到不愉快了。不过，我们很快就谈笑风生地度过了快活的时光。我躺在床上吃了许多东西，美美地喝了不少波尔图葡萄酒，以至于最后只能既费劲又机械地进行交谈。

1927 年

1 月 1 日

大街上在卖新年花束。经过斯特拉斯诺伊广场时我看见一个人，手里拿着长长的枝条，上面粘着绿色、白色、蓝色和红色的纸花，一直粘到顶端，每个枝丫上粘一种颜色的花。我打算写一写莫斯科的"花"，不仅要写英勇的圣诞玫瑰，也要写商贩们在城里走街串巷时自豪地高高扛着的灯罩上的大蜀葵。然后再写写蛋糕上甜甜的糖萝卜。不过，也有"丰饶角"蛋糕，里面塞满了爆竹糖果或用彩纸包裹的巧克力夹心糖。里拉琴形的蛋糕。旧时青少年读物中的制作糕点甜食的师傅似乎只在莫斯科留存了下来。只有这里有形形色色的拉丝糖。严寒中，舔着糖棍能让人感到获得了补偿。还要说一说天寒地冻赋予此地人的灵感：农民的围巾上用蓝色羊毛缝制的图案就是模仿玻璃窗上的冰花而来。大街上的东西真叫人目不暇接。我发现，透过眼镜店里的那种蓝色眼镜，傍晚的天空会突然染上南方的色彩。还有宽大的雪橇，有三个隔层，摆放着花生仁、榛子和葵花籽（现在，苏联的法令禁止在公共场所嗑葵花籽）。我还看见一个小贩在卖玩具娃娃坐的小雪橇。最后，还看见那些锡制垃圾箱——不允许在马路上乱扔东西。此外，再说说商店的招牌：有个别拉丁文的字样：Café（咖啡馆）、Tailleur（裁缝铺）。每间啤酒屋的招牌上都有"Piwna-ja"字样——招牌背景上部边缘的暗绿色渐渐褪成了脏兮兮的黄色。许多商店的招牌都呈直角伸到马路上。——新年的早晨，我在床上赖了很久。赖希没睡懒觉。我们说了大概两个多小时的话。究竟说了些什么，我已不记得了。将近中午时，我们出了门。那家我们在节假日常去吃饭的地窖餐馆关着门，于是，我们就去了利物浦饭店。这一天特别冷，我很费劲地走着路。吃饭时我坐在一个很不错的角落里，右边是窗户，能看见一座落满雪的院子。现在，我已无酒不成餐了。我们点了些冷食。只可惜菜上得太快，我可真想在那间只摆了几张桌子的、安着木质护墙板的屋子里多坐一会儿啊！饭店里没有一个女人。这令我感到很惬意。在摆脱了对阿丝雅的痛苦的依赖之后，我感到了对宁静的强烈渴望，发现随处都有能满足这一渴望的源泉。当然，众所周知，首要的是吃喝。就连想象我的漫长的归程也令我感到些许的舒坦（只要不像前几天那样为家事而心烦意乱）。设想读一本侦探小说（虽然已很少再读了，但有这样的念头）；每天在疗养院玩多米诺骨牌，有时能以此消解我和阿丝雅的紧张关系。不过，据我所知，这一天我们没有玩多米诺骨牌。我请赖希替我买些橙子，我要送给阿丝雅。我这么做倒并不完全是因为前一天晚上阿丝雅要我第二天给她带些橙子去——我当时甚至拒绝了她——，我是想在顶着严寒匆匆行路的过程中找个机会休息一下。可是，阿丝雅却闷闷不乐地收下了那袋橙子（我没告诉她我在袋子上写了"新年快乐"；她没看到袋子上的字）。晚上在家写作、聊天。赖希开始读我写的那本关于巴洛克的书。

1月2日

我的早餐很丰盛。因为午餐没指望，赖希就买了些东西。下午一点，革命剧院为新闻界上演伊列什的剧作《暗杀》。由于错误地估计了观众渴望刺激的心理，该剧被安了个副标题，叫《买支手枪吧》。如此一来，该剧本该富于悬念的结局——即一名白卫军刺客在其暗杀行动被共产党人发觉之时正企图举枪瞄准他们——从一开始就白费了。这出戏里有一幕具有恐怖剧的效果。此外，该剧有巨大的政治理论雄心，因为它要刻画小资产阶级走投无路的困境。然而，该剧缺乏原则、没有把握且无数次向观众抛媚眼的表演却并未体现出这一点。演出甚至令该剧的巨大优势——即由出现在1919年的没落、肮脏、荒芜的奥地利的集中营、咖啡馆和兵营所营造的吸引人的氛围——丧失殆尽。我从未见过如此经不起推敲的舞台空间布置：上台处和下台处一直完全不起作用。倘若一个不懂行的导演试图接手舞台的话，我们就能清楚地看到，迈耶霍尔德的舞台会是什么样子的了。剧场满座。甚至还能看到有人盛装出席这一场合。观众呼喊伊列什，他出来谢了幕。天气很冷。我穿着赖希的大衣，因为他考虑到面子想在剧院里显得体面一些。幕间休息时，我们结识了戈罗德茨基及其女儿。下午，在阿丝雅那里，我陷入了一场无休止的政治讨论，赖希也加入了其中。那个乌克兰人和阿丝雅的同屋是一方，阿丝雅和赖希则是另一方。话题还是关于党内的反对派。不过，这场争论没有取得任何谅解，更别说取得一致意见了。根据阿丝雅和赖希的观点，反对派若从党内退出则必然意味着意识形态威望将蒙受损失，而其他人却并不明白这一点。我直到下楼同赖希一起抽烟时才知道他们争论的是什么。这场在五个人（阿丝雅同屋的一个女友也在场）中间用俄语进行的谈话把我晾在了一边，再次使我既沮丧又疲惫。要是他们继续谈下去的话，我决定离开。不过，我们回到楼上后，大家决定去玩多米诺骨牌。我和赖希搭档，对手是阿丝雅和乌克兰人。这是新年过后的星期天，由那位"好"护士负责监管，因此我们在那儿一直待到晚饭后，激烈地玩了好几局。那时，我感觉好极了，那个乌克兰人说他很喜欢我。最终离开后，我们还在一家甜品店喝了些热饮。在住所就我作为自由作家所处的位置问题——在党与职业之外——展开了长谈。赖希对我说的话是对的：我对任何当着我的面说出我所说过的话的人，都以这同样的话来回应。我也坦率地向他解释了这一点。

1 月 3 日

我们一早离开住所前往赖希的房东太太所在的工厂。那里有很多东西可看，我们待了将近两个小时。我先从"列宁角"看起。在一间刷了白色涂料的房间里，后面的墙上拉着红幕布，天花板上垂下红色的镶边，上面挂着金色的流苏。这一红色背景的左侧摆放着列宁的半身石膏塑像，像粉刷过的墙一样白。一套传动装置从旁边生产圣诞树银丝条的车间伸进这间屋子。轮子转动着，皮带穿过墙上的一个洞滑动着。墙上张贴着宣传画和著名革命家的肖像或能简要总结俄国无产阶级历史的图画。1905～1907 年这一时期被绘制成了一张大明信片风格的图画，上面相互交织地展现了街垒战、牢房、铁路工人起义、冬宫前的"黑色星期天"等场景。许多宣传画都是反对酗酒的。墙报也是这一主题。按照规划，墙报每月一期，可事实上并没那么频繁。从整体上讲，墙报具有儿童彩色滑稽小报的风格：图画、文章或者诗歌以多样的方式散布其间。不过，墙报的首要任务是记录该厂的集体事务。所以，墙报中会讽刺地记录个别伤风败俗的事情，不过也会记录前一阶段所完成的教育工作，并配以统计图表。墙上张贴的其他一些画是进行卫生保健宣传的：建议用纱网抵御苍蝇，阐明喝牛奶的好处。这里总共有一百五十名工作人员（三班制）。主要产品有：橡皮带、纱筒、细绳、银绦和圣诞树饰品。这样的工厂莫斯科独此一家。不过，其结构与其说是一种"垂直"管理的结果，不如说是工业专门化水平低下的证明。在这同一间屋子里，相距不过数米能看到由机械和手动操作的同一生产过程。右边，一台机器将长线绕到小纱管上；左边，一名女工的手在转动一个大木轮子。两者的过程相同。雇员大都是农妇，其中党员不多。她们不穿制服，连条工作围裙也没有，就那么坐在自己的位置上，好像在干家务似的。这些头上包着羊毛头巾的家庭主妇们安静地埋头工作。她们的周围是一幅幅展现机器操作的种种可怕之处的宣传画。画上有一个工人的胳膊卡进了轮辐；另一个工人的膝盖夹在两个活塞中间；还有一个因为喝醉了酒按错了开关而导致了短路。精细的圣诞树饰品的生产完全依赖于手工制作。一个明亮的车间里坐着三个妇女。其中一个将银线剪成一条条短的，从中抓起一把，再用一根从线圈上缓缓放下来的金属丝把它们扎在一起。金属丝穿过她的牙齿就像穿过一道缝隙。然后，她把一把把闪闪发光的银线拉扯成星星的形状，就交给同事，后者再往上粘一只纸蝴蝶、纸鸟或一个圣诞老人。这个车间的另一个角落里坐着一位妇女，她以类似的方式用银丝条制作十字架，一分钟做一个。我向她转着的轮子弯下腰，看她干活，她忍不住笑了。别的地方在制作银绦。这是为俄罗斯具有异域风情的边远地区制造的产品，做波斯头巾所用的银绦。（楼下生产银丝条：一名男子在用磨石加工丝线。那些金属丝被加工成其原来直径的二百分之一或三百分之一粗细，然后被镀上一层银或其他金属。接着立刻被送往顶楼高温烘干。）——后来，我走过招工大厅。中午，大厅门口摆起了食摊，卖热蛋糕和切片烤肠。从工厂出来我们去找格内丁。他看上去远没有两年前在俄罗斯大使馆我刚认识他的那个晚上那么年轻了。不过，还是很聪明，讨人喜欢。我非常谨慎地回答他的问题，这并不仅仅是因为这里的人普遍都很敏感且格内丁尤其信奉共产主义理念，而且也是因为一种谨慎的表达方式适合于叫人相信这是个必须被认真对待的对话者。格内丁是外交部的中欧事务负责人。他的并非无足轻重的仕途生涯(他已放弃了一个更好的机会)据说与他是 P 的儿子不无关系。他尤其赞同我所强调的观点，即认为根本不可能将俄国的生活条件同西欧的生活条件进行详细的比较。我去彼得罗夫卡大街申请将居留期延长六周。下午，赖希想独自去阿丝雅那里。于是，我就待在家，吃了点东西，写作。七点左右，赖希回来了。我们一起去迈耶霍尔德剧院，在那里与阿丝雅碰头。对阿丝雅和赖希来讲，当晚的重头戏是赖希要按阿丝雅所愿在讨论中做演讲。结果却没有演讲成。因为，赖希不得不在其他要求参加讨论的与会者的包围下在讲台上忍受了两个多小时。在一张绿色的长桌子旁坐着卢那察尔斯基、"政治教育中央委员会"艺术处处长兼讨论会主席佩尔舍、马雅可夫斯基、安德烈·别利、列维多夫以及其他诸人。剧场第一排坐着迈耶霍尔德本人。休息时，阿丝雅离开了，我送了她一程，反正我一个人也听不懂他们的发言。当我返回时，一位反对派的发言人正言情激烈，煽动人心。然而，尽管剧场大厅里迈耶霍尔德的反对者占据了多数，此人还是没能赢得听众。而当最终迈耶霍尔德本人上台时，欢迎他的是暴风雨般的掌声。不过，不幸的是，他随后对其演说家的气质过于信赖了。话语间流露出一种令所有人反感的敌意。最后，当他质疑一位批评者之所以攻击他只是因为此人当初受雇于迈耶霍尔德剧院期间与老板有分歧时，他彻底失去了人心。他搬出卷宗当救兵，为其剧作中遭人抨击的地方做了 些客观的辩解，但已无济于事了。他还没说完，许多人就已离开了。这时，赖希也已明白没法再干涉了。不等迈耶霍尔德的话结束，他就来到我身边。迈耶霍尔德终于讲完时，掌声寥寥无儿。料想接下去不会有什么新的东西了，我们没等讨论会继续就走了。

1 月 4 日

我拜访柯刚的日期到了。可是，尼曼早上打电话通知我下午一点半到卡梅涅娃学院，要去参观克里姆林宫。上午，我待在家。学院里集合了大约五六个人，除我以外看起来都是英国人。接着，我们就在一位不怎么招人喜欢的先生的向导下徒步前往克里姆林宫。走得很快，我费力地跟着。最后，一队人不得不在克里姆林宫的入口处等我。围墙里面首先叫人惊讶的是政府大楼过度整洁的外表。我只能将此与模范城市摩纳哥的所有建筑——一个紧邻统治者的特权阶级的住宅区——给人的印象相比。甚至连建筑物正面粉刷的亮白色或奶黄色都很相似。不过，在摩纳哥，一切都在光与影的变幻中形成鲜明对照，而此地则到处是一片均匀的雪光，色彩从这雪地的光亮中更加平静地凸显出来。此后，当天色渐渐变暗，雪地似乎在不断地延展。在政府大楼闪亮的窗户近旁，塔楼和圆顶耸入夜空：被制服了的纪念碑，它们在胜利者的大门前站岗。在这里，车灯也射出耀眼的光束刺入黑夜。车灯的光线令克里姆林宫里宽阔的骑兵训练场上的马匹惊恐不安。行人在小汽车和不听使唤的马匹中间艰难前行。运雪的雪橇排成长龙，有个别骑马的人。一群群默不作声的乌鸦落在雪地上。克里姆林宫大门口的哨兵站在耀眼的灯光中，身着扎眼的土黄色毛皮大衣。他们头顶上闪烁着指挥出入口交通的红灯。莫斯科所有的颜色在这里，俄罗斯的权力中心，汇聚成一面棱镜。红军俱乐部面朝着这片场地。离开克里姆林宫前，我们走了进去。房间里窗明几净，看起来比其他俱乐部的房间要简朴、整洁。阅览室里有许多象棋桌。由于列宁本人也下象棋，象棋就在俄国获准通行了。墙上挂着一幅木刻浮雕，是一幅轮廓简化了的欧洲地图。地图旁边安着一个手柄，转动这个手柄就会在俄国和欧洲的其他地方依次按时间顺序亮起一个个点，那是列宁曾经生活过的地方。不过，这个装置不太好使，总是有好几个地方会同时亮起。俱乐部有个借书处。我觉得一张布告很好玩，上面图文并茂地说明了有哪些方法可以使图书免遭污损。另外说一下，此次参观的向导组织得很差。我们好不容易到达克里姆林宫时已将近两点半了，随后，当我们参观完军械库后终于踏进教堂的时候，天已经很黑了，里面什么也看不清。不过，由于教堂里的窗户又小、安装得又高，无论如何总是需要内部照明的。我们走进了两座大教堂：大天使大教堂和乌斯佩斯基大教堂。后者过去是沙皇加冕的教堂。其内部为数众多却非常局促的空间想必体现了权力的高度克制。由此而必定给那些仪式造成的紧张氛围，如今已很难想象。在教堂里，那位讨厌的参观负责人退到一旁，和蔼的老勤杂工举着蜡烛慢慢地照着一面面墙壁。尽管如此，却很难看清楚什么。那许多外表看起来似乎差不多的画像也无法给外行传递任何信息。不过，还有足够的光线能让人从外面观赏这些美丽的教堂。尤其令我记忆犹新的是雄伟的克里姆林宫里的一处回廊，那里有一个挨着一个的闪闪发光的彩色小圆顶。我相信，公主们的闺房就在那里。克里姆林宫所在的地方曾经是一片森林，其最古老的教堂就叫作"林中的救世主堂"。后来，这里教堂林立。尽管末代沙皇们为了兴建新的无关紧要的建筑拆除过教堂，剩下的教堂仍多得足以构成一座教堂迷宫。这里也有许多圣像站立在教堂的外墙上，从最高处的铁皮屋檐下像躲避风雨的鸟儿一样俯瞰着下方。他们低垂着曲颈瓶似的脑袋倾诉哀伤。可惜，这一下午的大部分时间都被用于参观军械库庞大的收藏了。这些壮观的收藏令人眼花缭乱，可是，当你想把所有的注意力集中于克里姆林宫本身雄伟的地形和建筑时，参观这些收藏却只会令你分心。人们很容易忽视克里姆林宫之美的一个基本条件：那些开阔的广场上没有一处纪念碑。与此相反的是，在欧洲，几乎没有哪个广场没有在 19 世纪的进程中因为设立纪念碑而亵渎、破坏了其内在的隐秘结构。在军械库的收藏中，我特别留意到一架四轮马车，那是拉祖莫夫斯基亲王送给彼得大帝的一个女儿的礼物。马车上臃肿的、像波浪般起伏的装饰叫人即便是站在平地上也感到头晕目眩，就更别说想象它在路上颠簸的样子了。当得知这辆车是由法国海运过来的之后，这不舒服的感觉简直就到顶了。所有这些财物都是以一种没有未来的方式获得的——不仅是它们的格调，还有获得它们的方式本身都已经消亡了。它们肯定给其最后的占有者造成了沉重的负担，可以想见，拥有这些财宝的感觉能令他们几乎丧失理智。不过，收藏的入口处如今却挂着一幅列宁像，就像在一个原先供奉神灵的地方由皈依了的异教徒竖起了一个十字架一样。——这一天剩余的时间基本荒废了。没能吃上饭。我离开克里姆林宫时已近四点。去找阿丝雅时，她却还没有从她的女裁缝那儿回来。我只看到了赖希和那位回避不了的同屋。不过，赖希等不及就走了。随后不久，阿丝雅现身了。很遗憾，后来话题转到了那本关于巴洛克的书上，她说了些寻常的看法。后来，我读了一些《单行道》里的内容。戈罗丁斯基(?)邀请我们晚上去做客。不过，就和当初在格拉诺夫斯基家一样，这次我们也错过了晚餐时间。因为，就在我们出门前，阿丝雅来找赖希说话。当我们晚了一个小时到场的时候，只遇到了戈罗丁斯基的女儿。这天晚上真拿赖希没有办法。我们长时间地到处寻找饭馆，能让我好歹吃些东西。我们走进了一家用粗糙的木板隔断的、简陋至极的"雅座"，最后，来到卢比扬卡街附近的一家并不招人喜欢的啤酒屋吃了些难吃的东西。之后，又去伊列什家待了半小时。他本人不在，他的妻子为我们煮了上等好茶。然后回家。我原本还想和赖希一起去电影院看《在世界六分之一的土地上》的，可他太累了。

1月5日

莫斯科是所有大城市中最安静的,下雪天更是如此。马路乐团里的主打乐器——汽车喇叭在这里只有为数不多的演奏者。小汽车很少。与其他中心城市相比,这里的报纸也很少,基本上只有一份马路小报和唯一的一张每天下午三点左右面世的晚报。此地小贩的吆喝声也很轻。大部分的街头买卖是非法的,因此不想引人注意。小贩们很少吆喝着向路人兜售,而是以低沉的声音——如果算不上是耳语的话——与人交谈,不免有些许叫花子般乞求的语气。只有一种人能在此地的大街上喧闹地行走,就是那些背着背囊收买破烂的小贩。他们那悲戚的叫喊声每周一次或数次响彻莫斯科的大街小巷。这些街道有一个独特之处:俄罗斯的乡村在其中玩着捉迷藏的游戏。要是你走进任意一道大门——它们往往由铁栅栏锁着,不过,我从未看到过有哪道大门是锁着的——,你就站在了一个广阔的居民区的入口,其面积之广、规模之大叫人以为这城里的空间似乎是不要钱的。一个农庄或一处村落就这么展现在你眼前。地面高低不平,孩子们坐着雪橇,铲着雪。堆放木材、器具或煤炭的仓库填满了角角落落。四周栽着树。简易的木楼梯或额外搭建的屋棚使得那些临街的、外表显得十分城市化的房屋的侧面或背面具有俄罗斯农家宅院的面貌。由此，街道便增添了一道乡村风光。——莫斯科处处看上去都不怎么像这座城市本身，倒是更像郊外。湿软的土地、木板售货棚、一批批运输的原材料、被赶去屠宰的牲畜、破落的小酒馆等等，在最为中心的城区都能看得到。这天，当我走在苏哈列夫斯卡娅大街上时，我清楚地看到了这一点。我想去看著名的苏哈列夫公园。这里有一百多个售货亭，就像一次盛大的博览会的后续。我从离教堂（尼古拉耶夫斯基大教堂）最近的废铁收购区走了进去。教堂那一个个蓝色的圆顶高高地隆起在市场上空。在这里，人们就把商品摆放在雪地上。你能发现旧锁、米尺、手工艺工具、厨房用具、电气材料等等。这里也能当场维修东西。我看见有人在凑着火焊接。这里没有任何地方可坐，大家都站着，不是在闲谈就是在交易。市场一直延伸至苏哈列夫斯卡娅大街。当我走过那许许多多的铺位和那些由售货棚连成的大道时，我明白了，此处的这种市场与博览会的布局也决定了莫斯科街道的大部分面貌。街上有钟表区和服装区，有电气材料和机械贸易中心，然后就又是一条条街，街上一家商店也找不到。在这里的市场上，能发现商品的建筑学功能：布块和布匹成了壁柱和圆柱；鞋子、毡靴被系着鞋带成排地挂在售货台上方，成了售货棚的屋顶；大大的手风琴形成了一堵堵声墙，有点儿像会唱歌的门农石像。我在此处的玩具摊位区终于找到了我要的铜茶炊，可以用它装饰圣诞树。我第一次在莫斯科看到卖圣像的摊位。它们大都按传统的方法镀了一层银，上面印着和圣母玛利亚长袍上一样的褶子。只有头和手的部位是彩色的。还能看到放着圣约瑟夫（？）脑袋的小玻璃盒，脑袋上装饰着亮闪闪的纸花。然后是那些花，一大束一大束的，摆在露天。它们在雪地上熠熠生辉，远比花布或生肉光彩鲜亮。可是，由于这类商品从属于纸品和画像贸易，所以，卖圣像的铺子必须挨着卖纸品的摊位，结果就遭到了列宁像的夹击包围，就像被宪兵逮住的囚犯一样。这里也有圣诞玫瑰。它们没有单独的确定的摊位，一会儿出现在食品区，一会儿又出现在织制品或餐具摊位中间。然而，它们却比其他任何东西——生肉也好，花布或闪亮的碗碟也罢——都更有光彩。到了临近苏哈列夫斯卡娅大街处，市场就缩小成一条窄道，介于围墙之间。那里站着些孩子，他们在卖生活用品，诸如小餐具、手帕和毛巾之类。我看见有两个孩子站在墙边唱歌。自从在那不勒斯看到过以来，我在这里还是第一次碰上卖变魔术道具的人。他的面前有个小瓶，瓶里坐着一只大布猴。真不明白那猴子是怎么进去的。事实上，只要把那个人卖的一个小小的布头动物塞进瓶子，瓶里的水就会把它泡大。一个那不勒斯人卖的就是类似的花束。我继续走了一段，穿过了萨多瓦娅大街，将近十二点半便坐车去见巴塞基。他讲了很多，有些话颇具教益，不过，他总是不断地重复，并且说了一些无关痛痒的消息，这只能说明他渴望获得认可。话又说回来，这人很热情，他给我提供了信息，借给我德语杂志，还给我安排了一位女秘书，这些对我很有帮助。——下午，我没有急着去阿丝雅那里。赖希想和她单独谈谈，要我五点半再去。最近一段时间，我几乎无法再对阿丝雅说些什么。首先是因为她的身体又变得很虚弱。她发着烧。不过，这原本也许更能使她安静地交谈，要不是她身边除了有个谨慎的赖希外还有个咋咋呼呼的同屋的话。此人是个大嗓门，说起话来眉飞色舞，爱指手画脚，而且还懂不少德语，这就让我所剩无几的精力消耗殆尽。在我俩难得单独相处的几分钟里，阿丝雅有一次问我是否会再来俄国。我告诉她，要是不学会点俄语就不会再来；其次，这还取决于其他一些因素：钱、我的身体状况、她的来信。而至于书信的话，她支吾其词地说——不过我知道，她几乎一向都是支吾其词的——，还要取决于她的健康状况。我走了，之后又送去了她要我买的橙子和哈尔瓦，交给了疗养院楼下的护士。晚上，赖希要用我的房间和他的翻译一起工作。我犹豫不决是否独自去看塔伊洛夫的《昼与夜》。我去看了《在世界六分之一的土地上》(在阿尔巴特广场电影院)。不过,好多内容没看明白。

1月6日

我在前一天下午给朵拉发了份电报祝贺生日。后来，我还走了整整一条米亚西茨卡娅大街，一直走到"红门"，接着走进由那里通往四处的宽阔的横街之一。天色已暗，一路上我发现了莫斯科的庭院风光。我来莫斯科有一个月了。这一天过得真是乏味，几乎没什么可记。早上在那家我挺喜欢的、也许将来也难以忘怀的小甜食店喝咖啡时，赖希给我讲解了那张我在前一天晚上买来的电影节目单。后来，我去巴塞基那里口授了些东西叫秘书打字。他有一位漂亮迷人的打字员供我差遣。这女子活儿干得很出色，不过，一小时得付她三个卢布。我还不知道是否能撑得下去。口授完后，巴塞基陪我去了"赫尔岑之家"。我们三个人一起吃了饭。饭后，赖希马上就到阿丝雅那儿去了。我还得在巴塞基那里留一会儿，并和他约好了第二天晚上一起去看《风暴》。最后，他还一路陪我直到疗养院。楼上气死沉沉。大家都朝我不小心带上楼去的德文杂志扑了过来。最后，阿丝雅说想去裁缝那里，赖希说要陪她去。我在门口对阿丝雅说了声"再见"就闷闷不乐地回去了。我希望晚上能见到阿丝雅走进我的住处，却没有如愿。

1 月 7 日

在俄国，国家资本主义保留了通货膨胀时期的许多特征。首先是国内事务缺乏法律保障。新经济政策一方面已获官方批准；另一方面却只有在涉及国家利益时才被许可。任何新经济政策的奉行者都可能随时成为财政政策转变，甚至仅仅是一场暂时、正式的民众集会的牺牲品。然而，一些人的手里还是聚集了——从俄国人的立场来看：巨额的——财富。我听说有人缴纳三十多万卢布的税。这些公民是英勇的战时共产主义的对立面，是英勇的新经济政策主义者。在大多数情况下，他们全然不依赖于自身的禀赋，就踏上了这一轨道。要知道，新经济政策时期的特征恰恰是国家在国内贸易领域的先期投资仅限于严格意义上的必需品。这就为新经济政策奉行者的运作开创了极为有利的经济形势。通货膨胀时期的另一特征是配给证。多种商品只有凭配给证才能在国营商店购买，因此，就出现了排队的现象。货币是固定的，不过，就这种配给证以及许多商店橱窗里的价目牌的形式来看，纸在经济生活中仍占据着重要的地位。甚至人们对待穿着的毫不在意的态度也只有在通货膨胀时期才为西欧人所熟悉。不过，对待着装的无所谓的习俗已开始动摇。一度是统治阶级的制服几乎将成为生存竞争中弱者的标志。在剧院里，第一批盛装羞怯地冒出头来，就像数周大雨过后诺亚方舟上的鸽子。然而，人们的外表中还是有许多统一的、无产阶级的成分：西欧式的帽子、软帽或礼帽似乎全都消失了。到处都是俄罗斯毛皮帽或运动帽。姑娘们也常戴这样的帽子，有不同的式样，很合适，却也很挑逗（有突出的大帽檐）。在公共场所，人们普遍都不脱帽子，打招呼变得较为随意。在着装的其他方面，已经体现出东方服装的多样性。毛皮短袄、丝绒上装和皮夹克，城市的时髦和乡村的服饰错综相间，男男女女皆是如此。和其他大城市一样，不时能看到有人（妇女们）还穿着农家的民族服装。——这天上午我在屋里待了很长时间。后来去见学院院长柯刚。我对他的无足轻重并不感到惊讶；旁人已使我对此有了充分的准备。我在卡梅涅娃学院的办公室拿了戏票。在没完没了的等待中，我翻阅了一本关于俄国革命宣传画的著作，里面有许多精美的图片，一部分是彩色的。我发现，这些图片当中——里面的许多宣传画都很有效果——没有什么是不能相当随意地用一种局部尚不明显的资产阶级工艺美术的风格元素来解释的。在"赫尔岑之家"我没有遇见赖希。在阿丝雅那里，起初只有我一个人。她很疲倦，也许只是假装如此，为了避免和我说话。后来，赖希出现了。我走了，要去约巴塞基晚上一起去看戏。由于打电话找不到他，我只得去一趟。整个下午一直头疼。后来，我和巴塞基，还有他的女朋友——一个轻歌剧演员，一起去看《风暴》。这位女友显得很拘谨，身体也不太舒服，一看完戏就回家了。《风暴》一剧讲的是战时共产主义时期围绕着乡村的一次伤寒疫情而展开的故事。巴塞基翻译得很投入，戏也演得比平时好，这一晚我收获颇多。这出戏——就像俄国戏剧一贯的那样（赖希语）——缺少情节。在我看来，此剧只具有一部好的编年史的信息价值，而非戏剧价值。将近十二点，我和巴塞基在特韦尔斯卡娅大街上的"克鲁佐克"俱乐部吃饭。由于这天（根据旧历）是圣诞节的头一天，俱乐部里并不怎么热闹。饭菜很棒；伏特加里掺入了一种草药香精，酒成了黄色，更容易下咽了。谈了谈为俄国报纸写一篇关于法国艺术与文化的报道的计划。

1 月 8 日

上午换了钱，之后口授、打字。一篇关于迈耶霍尔德剧院的那场争论的报告也许写得还不错，而要为《日记》所写的记述莫斯科的文章就写不下去了。早晨和赖希起了争执，原因是我（有点儿欠考虑）带着巴塞基去了"赫尔岑之家"。一次新的教训：在此地务必谨慎，这很重要。谨慎是政治渗入生活的显而易见的表征之一。在公使馆口授打字时没有看到巴塞基，我很高兴，他还没起床。为了不必去"赫尔岑之家"，我买了鱼子酱和火腿在家吃。大约下午四点半我到阿丝雅那里时，赖希还没去。又过了一个多小时他才来。后来他告诉我，他在去阿丝雅那里的路上心脏病又犯了。阿丝雅身体不佳，无暇他顾，对赖希的迟到并不十分在意。她又发烧了。那位叫人简直无法忍受的同屋几乎无时无刻不在房里，后来她自己还有客来访。不过，她始终表现得很友好——要是她不总在阿丝雅身边出没就好了。我给阿丝雅读了为《日记》而写的提纲，她做了些很中肯的评论。交谈的最后甚至还流露出了些许亲切之感。然后，我们就在房间里玩起了多米诺骨牌。赖希来了，就四个人玩。晚上赖希有个会。将近七点，我和他一起在我们常去的那家甜品店喝咖啡，然后我回了住所。我越来越清楚地意识到，我需要为接下来的一段时间规划一个稳固的工作框架。翻译显然是不可能作为这样的框架的。我的立场再度成了构建这一框架的先决条件。阻挠我加入德国共产党的，纯粹是外在的顾虑。现在也许正是入党的良机，一旦错过可能就有危险。正因为入党对我而言或许只是一个插曲，一再推延并不妥当。那些依然存在的外在的顾虑迫使我自问，是否可以通过努力工作实用而经济地做一个左翼局外人，以确保我有可能继续在迄今为止的工作领域内进行广泛的创作。只是，这一创作是否能够毫无裂痕地过渡到一个新的阶段，这恰是问题所在。就算是那样的话，这一"框架"还必须由外部条件，比如说一个编辑的职位，加以支撑。无论如何，在我看来，即将来临的时期与以往时期的区别在于，情爱之事对我的影响将越来越小。我对赖希和阿丝雅之间关系的观察在一定程度上使我对此有了清楚的认识。我注意到，面对阿丝雅反复无常的情绪和她的那些叫我心烦意乱的行为方式，赖希总是，或装得很坚定，很少受其影响的样子。而他装得也够多的了。这都是因为他在此地为其工作所找到的"框架"的缘故。工作为他开创了各种现实的人际关系，除此之外，他还是这里的统治阶级的一员。整个统治权力的这一新结构着实令此地的生活变得异常丰富。

这里的生活自我封闭却充满事件，贫穷却同时充满了如克朗代克淘金生活般的前景。从早到晚都在挖掘权势。与此地个人在一个月内所要面对的无数情况相比，一个知识界的西欧式存在的整个组合推理显得绝对贫乏。当然，可能的后果是某种程度的迷醉状态，以至于根本无法想象没有会议、委员会、辩论、决议和表决（所有这一切都是战争或至少是权力意志的伎俩）的生活。然而，（……）文献①，完全无条件地迫使人表明立场并向人提出问题，究竟是想要在充满敌意且暴露无遗的、不舒适且透风漏雨的观众席上忍耐着，还是无论如何都要在闹哄哄的舞台上把他的角色演下去。

---

① 原文此处内容不详。

1月9日

进一步考虑：入党否？重大的好处：稳固的职位，一个即便只是可能的席位。有组织、有保障地与人接触。反之则是：身为一个由无产阶级统治的国度里的共产党员，意味着必须完全放弃个人的独立性。这就是说，把组织自己的生活这一任务交付给了党。而在无产阶级遭受压迫的地方，就必须不计一切迟早可能产生的后果投身到受压迫的阶级中去。先锋位置——要是在这个位置上没有那些其做派每每向人表明这一位置之可疑之处的同人的话——具有诱惑。在党内：巨大的好处是能将自己的思想好似投射到一个规定的立场。不过，至于是否被准许做局外人最终取决于一个问题，即在不成为资产阶级，同时又不影响工作的前提下，能否凭借自身有据可依的、实实在在的利用价值而置身局外。是否能为我今后的工作，尤其是具有形式和形而上学基础的学术工作，做出具体的解释呢？我的工作形式中有哪些"革命的东西"？其中究竟是否存在"革命的东西"？我非法地混迹于资产阶级作家中间是否有意义？避开某些"唯物主义"的极端是否对我的工作大有裨益？或者，我是否必须在党内寻求应对极端之道？此番思想斗争关乎所有我迄今

所做的专业工作中的保留之处。这场斗争必须随着入
党——至少是试验性的——而结束，倘若在这一狭窄
的基础上我的工作不能追随我的信念，不能使我安身
立命的话。只要我人在旅途，自然就无法考虑入党的
事。——这天是周日。上午进行了翻译。中午在波尔
沙亚·德米特洛夫卡大街的一家小餐馆用餐。下午在
阿丝雅处，她感觉很糟。晚上独自在房里翻译。

1 月 10 日

　　早晨和赖希起了争执，极不痛快。争执的起因是他又提到了我此前的建议，把我写的关于迈耶霍尔德剧院的那场争论的报告读给他听。我现在已经没这想法了，却还是极不情愿地给他读了。经过了此前几次关于给《文学世界》所写的几篇报告所做的交谈之后，我知道这次谈话也不可能有什么好的结果。于是，我读得飞快。可是，我坐在那把迎着光的椅子上，坐姿实在太难看了，仅凭这一点我就已预知结果会如何。赖希克制着，极力保持镇定地听着。我读完后，他只说了几句话。他说话的语气刹那间就引发了争吵。我们越吵越不可收拾，争吵的内容已和争吵的真正起因无关。就在我们唇枪舌剑的时候，响起了敲门声——阿丝雅来了。她很快又走了。她在的时候，我沉默寡言埋头翻译。我怀着极其糟糕的心情离开了，要去巴塞基那里口授几封信和一篇文章。那位女秘书虽然很有贵妇的派头，我却很喜欢她。我听说她打算重返柏林，就把我的名片给了她。我不想中午和赖希碰面，就买了些东西回房里吃。去看阿丝雅的路上我喝了咖啡，后来从她那儿回来时，我又去喝了咖啡。阿丝雅感觉很糟，很快就累了，我就让她独自待着，好睡觉。不过，我们还是有那么几分钟在房里单独相处的时间（或者是她显得好像我俩是单独相处的样子）。那时她说，要是我再来莫斯科并且她已康复的话，我就用不着这么孤单地东走西逛了。不过，要是她在这里无法康复，她就去柏林，到那时我得在我房里给她一个角落，挡一道屏风，她要让德国医生给她看病。晚上我独自在家。赖希来得很晚，还讲了些事情。然而，因为早上的那场冲突，我已明确了这一点：在莫斯科期间我不打算在任何事情上再依赖赖希了，要是没有他我的莫斯科之行不能有所收获的话，离开此地就成了唯一的明智之举。

1 月 11 日

阿丝雅又需要注射了。这天她要去诊所。前一天我们约好，她来接我，我再陪她坐雪橇去那里。可是，她直到将近十二点才来。她已经在疗养院打了针。打过针后，她有点儿亢奋。我俩单独在楼道里时（我要打电话，她也要打），她突然心血来潮，像当初那般任性地紧搂着我的胳膊。赖希在房里站着岗，看样子没打算离开。就算阿丝雅这次是上午到我房里来的，也是徒劳。我再拖延几分钟离开也无济于事。她没有说要和我一起走。于是，我就让赖希和她单独待在一起。我去了彼得罗夫卡大街（却还拿不到我的护照），然后去了美术文化博物馆。这桩小小的突发事件使我最终决定打道回府，毕竟归期也日益临近了。博物馆里可看的东西少之又少。后来我听说，拉廖诺夫、冈察洛娃都是赫赫有名的画家。他们的东西并无什么特别之处，看起来和挂在三个展厅里的其他大多数东西也差不多，完全受同时期的巴黎和柏林绘画的影响，模仿得毫无技巧。中午，我去文化处为巴塞基、他的女友和我自己取马拉亚剧院的戏票，在那儿待了几个小时。不过，由于没能同时打电话通知剧院，到了晚上，我们的票作废了。巴塞基来了，没带女友。我原本想和他去看电影，可他要吃饭，我就陪他去了萨沃伊饭店。这家饭店要比莫斯科大饭店朴素得多。同巴塞基在一起很无聊。除了谈他的私事，别的他一概不谈。就算是谈了，也明显看得出他觉得自己是多么的消息灵通，又是多么善于向他人提供信息。他不断翻阅着《红旗》。之后，我坐他的车陪了他一程，直接回了住处。还翻译了点东西。——这天上午，我(在彼得罗夫卡大街)买了第一个漆盒。这些天，我走在街上只留意一样东西(这样的事在我身上经常发生)：这回是漆盒。短暂的狂热。我要买三个，只是还没完全考虑好后来又买来的两个到底要送给谁。那天我买到的漆盒上有两个姑娘坐在茶炊旁。盒子很漂亮，只是上面哪儿也找不到纯黑色，而纯黑色往往是这样的漆盒上最漂亮的部分。

1 月 12 日

这天，我在库斯塔尼博物馆买了一个更大一点的盒子，盒盖的黑色底子上画着一个卖香烟的女贩。女贩旁边是一棵瘦弱的小树，树旁有个男孩。画的是冬景，因为地上有积雪。虽然另一个画着两个姑娘的漆盒也能令人联想到雪天的气息，因为她们坐在其间的小屋有扇窗户，窗户里似乎凝结着蓝色的霜气，但是，这也未必。新买的这个盒子要贵许多。我在一大堆的漆盒里选中了它。很多盒子都不好看，都是依葫芦画瓢地仿制了旧日大师的杰作。镀金的盒子似乎特别贵（或许也是模仿了旧作），我却不喜欢。那个大一点的漆盒上的画面题材可算是很新的，至少那个女贩的围裙上有"莫斯科农产品加工机构联合会"的字样。我知道，我曾经在巴黎圣·奥诺雷街的一家高档商店的橱窗里见到过这样的盒子并在那里伫立良久。当时，我抵住了诱惑没有买，我想，我得从阿丝雅那里得到一个——或者，也许只买莫斯科产的。我对漆盒的热衷要归因于布洛赫和埃尔泽在因特拉肯的寓所里的一个类似的漆盒给我留下的深刻印象。我由此可以估量，黑漆底子上的这些图画会给孩子留下多么难以磨灭的印象。不过，布洛赫那个盒子上的画面我已不记得了。——同一天，我发现了一些我寻觅已久的、特别漂亮的明信片，那是些沙皇时代的、卖不出去的旧货，大都是彩色的卡纸画，还有西伯利亚风光（我要用其中一张去迷惑一下恩斯特）等等。那是在特韦尔斯卡娅大街上的一家店里，由于店主会说德语，我就用不着像平常在此地买东西时那么费力了，可以从容不迫地挑选商品。顺便说一下，这天我很早就起床离开了屋子。因为十点钟左右阿丝雅来了。她发现赖希还躺在床上。她待了半个小时，给我们画了些演员的漫画，并模仿了那位创作了卡巴莱歌曲《旧金山》的歌手。她很可能经常听此人唱这首歌。在卡普里的时候，我就已经知道这首歌了，她在那儿会时不时地唱一下。起初我希望上午能陪她，然后和她去咖啡馆坐一坐。可是，时间太晚了。我和她一起离开，把她送上了车，又一个人走了。阿丝雅早晨的到访对整个一天都产生了良好的影响。当然，我刚到特列恰科夫美术馆的时候还是有点儿不开心的。我最喜欢的两个展厅居然关闭了。不过，其他展厅给我带来了令人愉快的惊喜：我还从未像在这座博物馆里那样在陌生的藏品中穿行；身心完全放松，像孩子般着了迷地观赏着那一幅幅画面所讲述的内容。要知道，这座博物馆里有一半是俄罗斯风俗画，创办人大约从 1830 年（?）起开始购买、收藏，几乎只关注同时代的作品。后来，其收藏范围一直扩展到了 1900 年前后。由于馆中最早的作品——圣像除外——看起来是出自 18 世纪下半叶的，因此，这座博物馆总体上展现了 19 世纪俄罗斯绘画艺术的历史。这正是风俗画和风景画盛行的时期。由眼前所见我得出一个观点，在欧洲各民族中，要数俄罗斯人将风俗画发展到了极致。墙壁上布满了讲故事的图画以及对各个社会阶层生活场景的描绘，使得这个美术馆俨如一部巨大的连环画册。这里的参观者也确实要比其他所有我所见过的博物馆多得多。看他们在展室里穿梭，或成群结队——有时围在导游身边——或单独站立，就能发现他们是多么无拘无束，全然没有在西方的博物馆难得能看到的那些无产者的可怜巴巴的拘谨。这也使人意识到：其一，这里的无产阶级已开始真正占有资产阶级的文化财富；其二，正是这样的收藏最使无产阶级感到熟悉和亲切。他们在其中能找到自身历史的素材："贫穷的女家庭教师来到有钱的商人家""警察突袭阴谋分子"。而类似的场景完全是以资产阶级绘画艺术的精神加以体现的这一事实，非但无损于作品，而且使得无产阶级更容易接近它们。由此可见，并不是只有通过观赏"杰作"才能促进艺术教育（正如普鲁斯特有时能很好地让人明白的那样）。孩子或受教育的无产者所认同的杰作完全有别于收藏家，这是不无道理的。这样的图画对无产者而言，虽短暂却具有团结的意义；他们评价艺术品的最严格的标准就是，用当下的艺术去反抗作用于其自身、其所在的阶级及其工作的权力。在最初参观的一个展厅里，我在两幅谢德林的画作前久久伫立。一幅画的是索伦托，另一幅是描绘同一地区风景的油画。两幅画都展现了卡普里那难以言表的面貌，这景致于我而言将永远与阿丝雅联系在一起。我想为她写行字，只是忘了带笔。参观伊始我便沉迷于画作的题材，这也决定了我之后参观的宗旨。我看到了果戈理、陀思妥耶夫斯基、奥斯特洛夫斯基、托尔斯泰等人的精美的肖像画。一道楼梯通往楼下一层，那里有许多韦列夏金的作品。不过，我对此不感兴趣。——我非常愉快地走出了博物馆。其实，我也是以同样的心情走进博物馆的，这主要是因为车站旁的那座砖红色教堂的缘故。天气很冷，但也许还没有那天我第一次在这里茫然地寻找这座博物馆时那么冷。当时，我离它仅两步之遥，却没有发现它。这一天最后还在阿丝雅那里度过了愉快的片刻时光。七点不到赖希离开，阿丝雅送他下楼，待了很久。当她终于回到房里时，我尽管还是独自待着，但留给我俩的时间却只有几分钟了。后来发生了什么，我不记得了：只知道突然之间，我可以很亲切地凝视着阿丝雅，感觉到她为我所吸引。我给她讲了一会儿白天做的事情。

可是，我得走了。我把手伸给她，她用双手握住了它。她很想和我继续聊下去，我对她说，如果我们能约定在我那儿见面，我就不去看我正打算去看的那场塔伊洛夫剧院的演出了。可是，最终她不确定医生是否允许她离开。我们说定了，在接下来的某天晚上阿丝雅将会来看望我。塔伊洛夫剧院上演的是《昼与夜》，改编自雷可克的一部轻歌剧。我与那位约好见面的美国人碰了头。可是，他的女译员没给我翻译几句话，她只顾着给他翻译了。剧情有些复杂，我也就只能欣赏一下美丽的芭蕾舞场景了。

1 月 13 日

这一天除了晚上都荒废了。另外，天气开始变得非常寒冷：平均气温约（零下）二十六度（列氏温标）。我快冻得不行了。连手套也帮不上忙，上面有窟窿。上午起初还挺顺利：就在我快要放弃希望的时候，我找到了彼得罗夫卡大街的那家旅行社，打听到了火车票价。然后，我想坐 9 路公交车去玩具博物馆。可是，车子在阿尔巴特广场附近出了故障，我（错误地）以为车子会在那里停很久，就下了车。之前坐车经过时我满怀渴望地观望着阿尔巴茨卡娅集市，我最初是在那里见识了莫斯科美丽的圣诞市场售货亭。这一次，好运以另一种方式眷顾了我。前一天晚上，我疲惫不堪、精疲力竭，希望能在赖希之前赶回住所，谁知他已经到了。到这个时候还不能独自待着，这让我很不开心。（自从那次因那篇关于迈耶霍尔德的文章而引发的争吵以来，我常常见到赖希就生气。）我立刻去拿台灯，想把它放到床边的一张椅子上去。我曾这么做过多次。那个临时的电线插头的接触又不灵了，我于是不耐烦地趴在桌上，试图修复电路，姿势非常别扭。我捣鼓了很久，结果短路了。——在这家旅馆甭想叫人来修理什么东西。靠天花板上射下来的灯光工作是不可能的，于是，头几天遇到的问题再一次很现实地摆在了面前。我躺在床上时，想起了"蜡烛"一词。不过，这也很难办到。请赖希帮忙去买点东西是越来越办不到了，他自己就有许多事情要做，况且心情很糟糕。剩下的唯一可能是自己动身去买，尽管只掌握一个俄文单词。可是，就连这一个单词我也得先听阿丝雅说才记得起来。正因如此，当我在这里意外地发现一个售货亭的货摊上有蜡烛并能简单地用手一指了之时，这真是一桩幸运的事。不过，这一天的好运也就到此为止了。我冷得要命。想去"新闻之家"看版画展：关门。圣像博物馆也关着门。这下我明白了：这天是旧历的除夕。由于圣像博物馆较远，在一个我不认识的地方，而且我也冷得走不动了，就坐上了一架雪橇。我都已经走下雪橇了，才发现博物馆的门是关着的。在这种仅仅因为语言上的无能而不得不做些傻事的情况下，越发能体会到由此所造成的精力与时间的巨大的损失。我发现反方向有电车可坐，没有我以为的那么远，就坐车回去了。——我比赖希先到"赫尔岑之家"。他来时，对我说了这么一句问候的话："您不走运。"原来，他去了《百科全书》编辑部，把我撰写的"歌德"词条交了过去。正巧，拉德克来了，看到了桌上的书稿就把它拿了起来。他一脸怀疑地问这是谁写的。"每一页上，'阶级斗争'这个词都出现了十次之多。"赖希向他指出这种说法是不对的，并且表示不用这一词汇就无法阐明歌德的影响，因为歌德所处的年代正是阶级斗争激烈的年代。拉德克说："问题在于这个词应该出现在准确的地方。"由此看来，这一词条被采纳的可能性微乎其微。原因在于，这家出版公司的可怜的领导们太没主见，只要哪个权威说了句哪怕是非常蹩脚的玩笑话，他们就不敢坚持自己的观点了。对这件事赖希比我还不痛快。我直到下午和阿丝雅谈起此事时才感到不开心。因为，她一上来就说，拉德克的话肯定有对的地方，我肯定有什么地方不对头，不知道这里的人会怎样进行抨击等等诸如此类的话。我当即直截了当地对她说，她的话只说明了她的胆小，说明她会不惜一切代价见风使舵。赖希到后不久，我就离开了房间。因为我知道，他会讲这桩事的，我不想让他当着我的面讲。这天晚上，我希望阿丝雅能来看我。因为我离开时在门口这么说过一句，尽管赖希在场。我去买了东西，应有尽有：鱼子酱、蛋糕、糖果，也给达佳买了些，赖希次日要去看她。然后，我就坐在房里，吃晚饭，写作。八点过后不久，我已不再指望阿丝雅会来。许久以来，我都没有如此这般地期待她的到来。（当然，就具体情况而言，也根本不可能盼望她来。）正当我开始为她把这份期待画成一幅画时，有人来敲门。是阿丝雅，她第一句话就说有人不让她到这里来。起初我以为是我住的这家旅馆的人不让她来。因为这儿新来了一个戴毛帽的苏联大兵，此人也许会管得很严。不过，阿丝雅指的是伊万·彼得洛维奇。这一晚，或者说这一短暂的时刻，已被全方位地缩减得所剩无多了，我得与时间作战。无论如何，第一回合我获胜了。我飞快地把脑袋里的那幅画画了出来。我把画解释给阿丝雅听时，她把额头紧紧地贴在我的额头上。然后，我朗读了"歌德"词条。这也很顺利，她喜欢这篇文章，甚至觉得我写得格外清楚、客观。我和她谈起"歌德"这一话题真正令我感兴趣的地方：像歌德这么一个完全在妥协中生存的人，究竟是如何取得如此杰出的成就的？对此，我的回答是，类似的情形在一个无产阶级作家的身上是完全无法想象的。资产阶级的阶级斗争与无产阶级的阶级斗争有本质区别。人们不能刻板地将这两场运动中的"不忠"或"妥协"的观念等同起来。我也提到了卢卡奇的观点，即认为历史唯物主义归根结底只适用于工人运动史本身。可是，阿丝雅很快就累了。于是，为了碰碰运气，我不得已拿出了《莫斯科日记》，目光落到哪里就给她读哪里的文字。可是，这么做的效果并不好。我正好遇到了分析共产主义教育的那一段。"简直是一派胡言"，阿丝雅说。她很不满意地说我根本不了解俄国。我当然没有反驳。这时，她自己说了起来。她说的话很重要，但说话令她情绪激动。她说起自己一开始也是一点儿都不懂得俄国，刚到俄国的最初几个星期就想重返欧洲，并认为在俄国一切都结束了，反对派绝对有理。渐渐地她才看明白这里的情形：革命工作向技术工作的转化。如今，已使每位共产党员都明白了这一点：此刻的革命工作不是斗争，不是内战，而是电气化、运河开凿、工厂建设。这回，我倒是自己也提到了谢尔巴尔特，因为他，我在这里可没少受阿丝雅和赖希的气。没有哪位作家像他那样强调技术工作的革命特征。（我为没有在那次访谈中说出这么精辟的话而感到遗憾。）我使出浑身解数使阿丝雅在我这里多待了几分钟。随后她走了，没让我送她。有时，她要是觉得和我很亲近，也不让我送。我留在房里。自始至终，那两支蜡烛就立在桌上。自从那次短路以来，它们每晚都在我房里亮着。后来，当赖希来时，我已睡下。

1 月 14 日

这一天以及随后一天都叫人不痛快。时钟已指向"离别"。天越来越冷（最低温度持续在零下二十多度①），剩下的任务越来越难完成。此外，赖希近来病情发作，症状越来越明显（我还不清楚他得了什么病），能为我办的事也就越来越少了。这天，他裹得严严实实的，坐车去看望达佳。我利用上午的时间参观了位于卡兰切夫斯卡娅广场的三座火车站：库尔斯克火车站、十月火车站（开往列宁格勒的火车由这儿始发）及雅罗斯拉夫斯基火车站（开往西伯利亚的火车由这儿始发）。火车站的餐厅里摆满了棕榈树，走出餐厅能看到一个粉刷成蓝色的候车室，感觉像在动物园的羚羊屋里。我在那里边喝茶边考虑离开的事。我的眼前有一个漂亮的红袋子，里面装着极好的克里米亚香烟，是我在火车站前的一个售货亭买的。后来，我又搞到了一些新玩具。奥霍特尼街上站着个卖木头玩具的商贩。我注意到，在此地的街头交易中有些商品是成批成批出现的。比如说，我在这里第一次看到孩子玩的烙着图案的木头斧子，同样的东西我在随后

---

① 列氏温标。——编者注

的某一天又在其他地方看到了满满的一篮筐。我买了
一个很好玩的木头缝纫机模型，上面的"针"只要转一
转手柄就会动起来。我还买了一个站在八音盒上的不
倒翁纸偶，是一个我在博物馆所看到过的某种玩具的
简易样本。之后，我冷得受不了了，就跟跟跄跄地进
了一家咖啡馆。这地方看起来很有特色：小小的室内
有几件竹制家具；饭菜通过墙上的一个可关闭的小孔
由厨房推进餐厅；一张大大的柜台上摆放着光泽鲜亮
的开胃小菜：肉片、黄瓜、鱼。还有一个陈列柜，就
像在法国和意大利餐馆一样。那些令我垂涎欲滴的菜
肴我一道也叫不上名字，只喝了一杯咖啡暖暖身子。
然后，我走出咖啡馆，到"上贸易行"去找那家我到莫
斯科的头几天发现的、橱窗里摆着泥人的商店。泥人
还在橱窗里。走过连接革命广场和红场的通道时，我
更加仔细地搜寻着小贩的身影，想发现一些此前未曾
留意的东西：有卖女人内衣的、卖领带和围巾的、卖
衣架的。——最后，将近两点，浑身疲惫的我终于到
了"赫尔岑之家"，可那儿要到两点半左右才有饭吃。
饭后，我坐车回去，把一包玩具放下。大约四点半我
到了疗养院。我正沿着室内楼梯往上走时，遇见了阿
丝雅，她正要出门去裁缝那里。路上，我告诉她刚从
赖希那儿——我刚回到旅馆房间他就来了——听说的
关于达佳的情况。听起来不错。我们就这么并肩走

着，阿丝雅突然问我是否可以给她些钱。可是，就在前一天我还和赖希商量向他借一百五十马克的盘缠。于是，我就对阿丝雅说我没钱，我不知道她要钱派什么用。她回答说，问我要钱是永远要不到的，然后就责备起我来，说什么在里加原本应该由我为她租房子的等等。那天，我非常疲倦，而这番由她极不讲技巧地发起的谈话更令我极为恼火。原来，她需要钱租一套房子，她已打听好有套房子现正待租。我想换个话题，可她却拉住我，紧紧抓着我，以前从未这样。她还在不停地说着同样的话。最后，我火冒三丈地说道，她欺骗了我，因为她在信里答应马上把我在柏林垫付的钱还给我，而迄今为止她和赖希对此只字不提。我的话令她非常震惊。我越说越激烈，继续发起进攻，最后，我的话还没说完，她就离开了，沿着马路疾走而去。我没有跟着她，而是转了个弯回去了。——晚上，我和格内丁约好了见面。他会来接我去他家。他虽然来了，但我们待在了我的房里。他请我原谅没有把我带到家里去，因为他的妻子要参加考试，她没有时间。我们的谈话持续到将近十一点，大约三个小时。我先说自己很沮丧，很生气，对俄国的了解比预期的要少。随后，我们一致认为，只有和许多的人交谈才能了解情况。在我走之前，他还费心为我牵线搭桥。比如，他和我约好第三天的中午——那是个星期天——去无产阶级文化剧院。不过，我到那里时，没找到他，只好又回来了。他还答应邀请我去看一场俱乐部演出，而演出日期却还没有定。计划中的节目单还包括一些可以说是实验性的新仪式表演，如命名仪式、结婚仪式等。在此，我要补充一下，我之前曾听赖希说过共产主义等级社会里为孩子取名的事。从孩子会指列宁画像开始，他们的名字就叫"十月"。那天晚上，我还知道了一个奇特的单词，叫"曾经的人们"，指的是那些被革命罢免了的、不能适应新形势的市民阶层。格内丁还提到了持续不断的组织变化，认为这还将延续数年。每个星期都会产生组织上的变动，人们在努力寻找最佳方法。我们还谈论了私人生活被缩减这一话题。根本就没有时间过私人生活。格内丁讲，他一个星期里除了见那些和他有工作往来的人以及妻儿外，就再也见不到别的人。至于留给星期天的交往，也是不稳定的，因为，即便你只是三个星期没有和熟人联系，你也完全可以确信将会长期得不到他们的任何消息，原因是在此期间他们早已叫新朋替代了旧友。后来，我陪格内丁去车站，路上我们还谈了出关事宜。

1 月 15 日

　　白去了一趟玩具博物馆。博物馆关着门，尽管导游手册上说周六是开放的。早晨，《文学世界》——经黑塞尔之手——终于到了，我已经等得很不耐烦了，恨不得每天都要给柏林发电报让他们给我寄来。阿丝雅不理解我的《挂历》一作，赖希看来也不是特别喜欢它。上午我又到处乱逛，又一次徒劳地试图去看版画展，冻得半死，最后好不容易才进了史楚金画廊。画廊的创办人和他兄弟都是纺织业大亨、千万富翁。两人都是艺术赞助商。一个创建了历史博物馆，并捐赠了部分馆藏；另一个则创办了这座杰出的法国新艺术美术馆。我浑身冰冷地爬着楼梯，看到上面楼梯间里有著名的马蒂斯壁画，赤裸的人物和谐地分布于饱满的红色背景之上，那么温暖，闪耀着光芒，就像俄罗斯圣像给人的感觉一样。马蒂斯、高更和毕加索是这位收藏家的挚爱。一个展厅的墙上挤满了二十九幅高更的油画。（我再一次获得了这样的体验——倘若在这庞大的收藏中的走马观花能允许我这么说的话——高更的画作令我感到充满了敌意，其中的所有仇恨都冲着我而来，这是非犹太人对犹太人所怀有的那种感觉。）——估计除了这里以外就没有别的地方能让人这么时间跨度很大地——从其二十来岁的早期作品到1914 年的创作——追寻毕加索的创作历程了。他肯定常常数月之久——比如在其"黄色时期"——只为史楚金作画。毕加索的画挂满了三间相连的小陈列室。第一间里是他的早期作品，在这些早期的画作中有两幅特别引人注目：一个装扮得像小丑似的男子右手握着一个酒杯状的东西；另一幅画名为"喝苦艾酒的女人"。然后是 1911 年前后的"立体主义时期"，正是蒙巴纳斯日渐兴盛的时期。最后是"黄色时期"，其中有《友谊》一作及相关研究资料。不远处，德兰的作品占据了一个房间。除了其一贯风格的、非常精美的画作外，我还看到了一幅令人尤为诧异的作品《星期六》。这一色调阴沉的大幅画作描绘了一群穿着佛兰德服装的妇女，她们围聚桌旁，忙于家务。人物形象及表现手法强烈地令人联想到梅姆林。除了展示卢梭画作的小室外，其他展厅里的光线都很明亮。窗户都是一整块大玻璃，朝着街道或屋外的庭院。在这里，我第一次对凡·东根或勒·富科尼埃这样的画家有了一些粗略的了解。玛丽·罗兰珊的一件小幅画作上画着一位女子的头像和她的一只伸入画面的手，手中绽放着一朵鲜花。这一作品的生理学结构令我想起了闵希豪森（唐克马尔·冯·闵希豪森），使我清楚地意识到他当年对罗兰珊的喜爱。中午从尼曼那里获悉我的访谈已发表。于是，我带上《莫斯科晚报》和《文学世界》去见阿丝雅。可是，下午的情况却不好。赖希很晚才到。阿丝雅为我翻译了那篇访谈。在此期间，我认识到——不是说这篇访谈的发表会像赖希所估计的那样"有危险"，而是——这篇访谈的结尾太弱，倒不是因为其中提到了谢尔巴尔特，而是因为提得不够明确、不够精准。可惜这个弱点显现了出来，而访谈开头论及意大利艺术的部分还不错。我认为，总体而言，访谈的发表还是有价值的。阿丝雅起初还读得津津有味，可是对结尾部分却非常生气，这是无可厚非的。访谈被放在了醒目的位置，这是最好的。因为前一天吵架的缘故，我在路上给阿丝雅买了蛋糕。她收下了。后来，她说道，昨天，在我俩分手之后，她再也不想知道我的任何事情了，认为我俩将永远（或很长时间）不再见面。可是，到了晚上，她的心情变了，她自己也感到奇怪，她发现无论如何也没法再生我的气了。她继续说道，要是发生了什么事，她最后从来都不问自己，是否是她伤害了我。可惜，尽管说了这些话，我们后来还是吵了起来，究竟为了什么，我已不记得了。

1 月 15 日（续）

总之，我给阿丝雅看过报纸和杂志之后，我们又谈起了我此行的缺憾。随后，当话题再次转为当初我在柏林对她的照料时，阿丝雅又指责起我来，这时，我失去了自制，绝望地冲出了房间。不过，在过道里我就冷静了下来——更准确地说，我觉得没有离开的力量，就又走了回去，说道："我想在这里再静静地坐上一会儿。"后来，我们甚至又慢慢地恢复了交谈。当赖希到时，我俩尽管都很疲惫，却很平静。在此之后，我下定决心无论如何再也不这样争吵了。赖希说他感觉不舒服。事实上，他的下巴不断抽筋，情况变得越来越糟了。他已无法咀嚼。牙龈浮肿了，很快就形成了一个溃疡。尽管如此，他说，晚上他还得去德国俱乐部，因为，他被任命为"瓦普"的德国小组与伏尔加流域德国人莫斯科文化代表团之间的协调人。后来，我俩单独在疗养院大厅的时候，赖希告诉我他还发着烧。我摸了摸他的额头，明确地对他说，无论如何他都不能去俱乐部了。于是，他让我去替他回绝。那幢房子并不远，可是，在刺骨的寒风中我几乎无法前行。最后，我没有找到它。我精疲力竭地返回，一直待在屋里。

1 月 16 日

我已定于 21 日，星期五，离境。日期的临近使得每天的时间都很紧张。有许多事情需要一件紧接着一件去完成。星期天我计划做两件事：不仅要在一点左右去无产阶级文化剧院见格内丁，而且之前还要去美术和圣像（奥斯特罗乌霍夫）博物馆。先做的一桩事最后办成了，后一桩没办成。又是很冷的天气，电车的窗玻璃上结着一层厚厚的冰，什么也看不清。起初，我坐过了站，离该下车的站老远。然后就再坐回去。在博物馆里我很走运，遇到了一个说德语的管理员，他领着我在馆中参观。下面的一个楼层展示的是上世纪末和本世纪初的俄国绘画，我最后在那里只待了几分钟时间。我一开始就去楼上参观圣像收藏是明智的。在这幢矮房子的第二层，圣像被安放在一个个美观、明亮的房间里。藏品的主人还健在。革命没有给他的博物馆带来什么变化，尽管被没收了财产，（但）他仍然是馆长。这位奥斯特罗乌霍夫是个画家，从四十年前开始收购藏品。他曾是个千万富翁，周游过世界，最后打算转而收藏早期的俄罗斯木雕，正值其时却爆发了战争。他的藏品中最古老的一件是一幅画在木板上的拜占庭时期的圣徒蜡像，可以追溯到公元 6 世纪。大部分画作产生于十五六世纪。我在导游的指点下了解了斯特罗加诺夫画派和诺夫哥罗德画派之间的主要区别，还听到了一些关于圣像的讲解。我第一次留意到，在这些圣像上经常出现死神在十字架脚下被战胜的寓言。黑色的背景上（像是泥泞的水坑里的倒影）画着一个骷髅。几天后，我又在历史博物馆的圣像馆藏中见识了另一些独特的圣像。那是些刑具的静物画，刑具摆放在圣坛周围；圣坛上，在一块鲜亮的粉色画布上，化作鸽子的圣灵正在漫步。还有两个可怕的假面人，头顶光环，站在基督身旁：显然是和基督一起被钉上十字架，进了天堂的强盗。另一个经常出现的画面——三位天使在用餐，其前景总是屠宰羔羊的场景，很小，同时却像徽章似的醒目——我不甚理解。令我完全无法理解的当然是那些传奇绘画的题材。我从冰冷的楼上回到楼下时，壁炉里已生起了火，很少的几位工作人员围坐在那里打发周日上午的时间。我真想留下来，却不得不冒着严寒而去。从电报局——我是在那儿下的车——到无产阶级文化剧院这最后一程真叫可怕。然后，我就在剧院大厅站了一个小时，而我的等待完全白费了。几天以后我听说，格内丁之前就在那同一个地方等着我。简直无法解释这究竟是怎么回事。要说我，当时是筋疲力尽，又不善于记住别人的长相，他穿着大衣戴着帽子，我没有认出他来倒也可以想象，而他竟然也和我一样，这听起来就令人难以置信了。当时，我就坐车回去了，原本打算去那家我们在周日经常光顾的地窖餐馆吃饭，却坐过了站，最后感到非常疲惫，宁可放弃吃午饭也不愿意再步行前往了。不过后来，我在凯旋广场鼓足了勇气，推开了一家我不认识的餐馆的门。店家看起来很好客，我要的饭菜也不错，只是那味道和我们周日常吃的那种就没法比了。在去阿丝雅那里前，我有较长的时间可以好好休息一下。我刚进她房间，她就对我说赖希病了，我并不感到意外。前一天晚上他就没有去我那里，而是住在阿丝雅的疗养院同伴的家里。他正卧病在床，阿丝雅和玛尼娅过了没多久就去看他了。我和她们在疗养院的门口分手。这时，阿丝雅问我晚上有什么打算。"没什么，"我说，"在家里待着。"她没有回答。我去找巴塞基。他不在，留了张条请我等他。这正合我意，我坐在沙发椅上，背对着近旁的炉火，叫人给我上了茶，翻阅着德语杂志。过了一个小时，他来了。不过，他让我整晚都留下。我思来想去，心情很不平静。一方面，还有一位客人要来，我很想知道这一晚会是什么情形；另一方面，巴塞基正打算给我提供一些关于俄国电影的有用的信息。最后，我还期待着一顿晚餐。（这一期待后来落空了。）想让人转告阿丝雅我待在巴塞基家，电话却打不通，疗养院里没人接电话。最后，打发了一个人去报信，我担心此人去迟了，其实我并不知道阿丝雅是否愿意去我那里。第二天她告诉我，她是打算要去的。不过，她总算及时收到了信。信上写道："亲爱的阿丝雅，今晚我在巴塞基家。明天四点我去你那里。瓦尔特。"一开始我把"晚上"和"在"（abends bei）这两个词写在一块儿了，随后又在当中画了一道斜杠把它们分开。结果，阿丝雅一开始还以为我写的是"今晚我有空"（abends frei）。——后来，来了一位克罗内克尔博士，此人是此地一家大型俄罗斯与奥地利合资公司的奥地利代表。我从巴塞基那里听说，此人是社会民主党人士。不过，他显得很聪明，游历过不少地方，说话实事求是。我们聊到了毒气战，我的观点给他俩留下了印象。

1 月 17 日

　　前一天拜访巴塞基的最重要的收获是，我请他帮我办离境手续，他答应了。为此，他让我周一（16 日①）早点儿去接他。我到了，他还在床上。把他从床上拉起来可真难。十二点一刻，我们才终于站在了凯旋广场上，而我十一点钟就到他那里了。之前，我在那家常去的小甜品店喝了咖啡，吃了一块蛋糕。这么做是对的，因为这天要办很多事，没工夫吃午饭。我们先去了彼得罗夫卡大街的一家银行，巴塞基要取钱。我自己换了些钱，还只剩下五十马克。随后，巴塞基拉着我进了一个小房间，把我介绍给一位他认识的银行经理，希克博士，对外业务部经理。此人曾长期旅居德国，在那里读了大学，无疑出身有钱人家，在专业素养外始终对艺术怀有兴趣。他读了我的那篇刊登在《莫斯科晚报》上的访谈。巧的是，他在德国上大学期间结识了谢尔巴尔特本人。这立刻就为我们建立起了沟通的桥梁。短暂的交谈结束时，他邀请我 20 日一起吃饭。随后去彼得罗夫卡大街，我拿到了护照。紧接着坐雪橇去"人民教育委员会"，我的过境材料得密

---

① 据所载日记内容推算，此处写 16 日疑有误，当为 17 日。

封保存。这天，我最后办成的一件最重要的事情是，我让巴塞基再次坐上雪橇和我一起去了"上贸易行"的那家国营商店"Gum"，那里有我心仪已久的泥人和骑士。我俩一起买下了所有的存货，我挑了其中的十个最好的。每个只要十戈比。我没有看走眼：店里的人告诉我们，这些维亚特卡制造的工艺品将不会再到莫斯科来了，因为它们在这里已经没有市场了。我们买下的是最后的货色。巴塞基还买了些农民织的布。他带着大包小包去萨沃伊饭店吃饭，而我却只有时间回去放东西。四点到了，我得去见阿丝雅。在她房里没待多长时间，我们就去看赖希。玛尼娅已经在那儿了。不过，就这样，我们还是有几分钟单独相处的时间。我请阿丝雅晚上去我那儿——十点半前我都有空——，她回答说，如果可能就去。赖希的情况好多了。在他那里说了些什么，我已记不清了。将近七点，我们离开了。晚饭后，我等着阿丝雅的到来，却枉费心机，十点一刻左右我坐车去巴塞基家。可是，那里也没有人。据说他一整天都没有回家。他家的杂志要不是我已看过的就是令我生厌的。等了半个小时，我正打算走下楼去，却碰到了他的女友——我不清楚这是怎么回事，也许是因为她不愿单独和他一起去俱乐部——，她坚持要我再等等。我照办了。巴塞基随后也到了。原来他不得不去听里科夫在"苏联航空化学建设促进协会"大会上所做的报告。我请他帮我填写了出境签证申请表，然后，我们就一起离开了。在电车上，我就被介绍给了一位剧作家，此人也正要前往俱乐部。俱乐部里人满为患，我们三个刚找到一张桌子坐下，灯就灭了，这表明音乐会要开始了。我们不得不站起身。我和巴塞基一起在前厅就座。几分钟后，德国总领事出现了。他身穿晚礼服，刚从一家英国大公司在莫斯科大街举办的晚宴上而来。他与在宴会上遇见的两位女士约好到此会面。不过，女士们没有来，他就和我们待在一起。一位女士——据说以前是位公主——唱着民歌，嗓音甜美。我不时去黑暗的餐厅，在通往灯火通明的音乐厅的过道里站一会儿，接着又回到前厅坐下。我和总领事交谈了一番，他表现得彬彬有礼。然而，他的长相却不免粗俗、肤浅，那样子与我自出国以来所见到的德国外交官的形象非常吻合，就像孪生兄弟弗兰克和佐恩一般。吃饭的时候我们就成了四个人，因为领馆的秘书也和我们一起坐到了桌旁，我可以非常自如地观察他。饭菜很好，又有加了调料的伏特加，还有开胃菜、两道主菜和冰激凌。观众是最糟糕的观众。他们中间没几个艺术家——不管是什么类型的——，多的是那些新经济政策造就的资产阶级。引人注目的是，这一新兴的资产阶级完全遭人唾弃，甚至连外国使节也瞧不起他们——这是我从总领事关于他们的言谈中得出的结论，我觉得他在这件事情上说的是实话。这一阶级的十足的贫穷本性在随后的一曲舞蹈中暴露无遗。那舞蹈无异于小地方的舞会，叫人倒足胃口。舞跳得糟糕透了。遗憾的是，因为巴塞基的女友舞兴正浓，我们的娱乐一直持续到了四点。伏特加使我浑身乏力，喝咖啡也没法提起精神，而且肚子还疼了起来。我真高兴终于能坐上雪橇回旅馆了。将近四点半我上了床。

1月18日

上午，我去玛尼娅家看望了赖希。我有些东西要带给他，同时也为了和和气气地消除前几日他生病前我俩之间产生的摩擦。我专注地听他读了一本关于政治和戏剧的著作的写作提纲，因此而赢得了他的心。他打算将这一著作交由一家俄国出版社出版。此外，我们还讨论了一本关于剧院建筑的著作的写作计划，谈到他可以与珀尔茨希合写此书，并且认为基于对舞台布景及戏剧服装的反复的戏剧学研究，此书肯定会大受欢迎。我离开前，还给他去街上买了香烟送上楼去，并答应去"赫尔岑之家"为他办桩事。然后，我就去了历史博物馆。我在那里待了一个多小时，圣像馆藏极为丰富，我发现其中还有大量十七八世纪的晚期作品。在那些时期的作品上，圣子耶稣基督在母亲臂膀里的行动自由是历经多长时间才获得的啊！同样历经了数世纪之久，圣子的手才找到了圣母的手：拜占庭的画师只是让他们面对面而已。之后，我快速地在考古展室里走了一圈，只在阿托斯的几幅画前停留了片刻。离开博物馆时，我对布拉戈维申斯克大教堂那令人惊异的神秘的感染力有了进一步的领悟。在莫斯科期间，要数这座大教堂给我留下了最为强烈与独特的印象。由革命广场一路走向红场，地势缓缓抬高，大教堂的圆顶就好像在一座山的背后渐渐显露。这正是其神秘之处。这天阳光明媚，我又一次满心喜悦地看到了大教堂。在"赫尔岑之家"，我没有拿到给赖希的钱。四点一刻，我站在了阿丝雅的房门口，房里黑乎乎的。我轻轻地敲了两次门，里面没人应声，我就走到游戏室去等。我读了《新文学》。一刻钟后我再次去敲门仍然无人应答，于是，我就推开了门，发现里面没有人。我很生气，阿丝雅没有等我，这么早就离开了。不过，我还是去了赖希那里，想试试能否和她约好晚上见面。我和她一起去马拉亚剧院的计划因为赖希在早晨对此表示了反对而无法实现。（后来，我的确得到了这晚的戏票，却毫无用处。）在楼上，我压根儿就没脱衣摘帽，一直默不作声。玛尼娅又在解释着什么，非常热切，声音大得可怕。她给赖希看一本统计图册。突然，阿丝雅转过身来，出其不意地对我说，前一天晚上她没有去我那里，是因为她头疼得厉害。我穿着大衣躺在沙发上，抽着那个我专门在莫斯科抽的小烟斗。最终，我好歹得以告诉阿丝雅，我希望她晚饭后到我那里去，我们一起出门或者我给她朗读一段描写女同性恋场景的文字。随后，我决定再待会儿，就几分钟，以免叫人觉得我去那里就只是为了对她说这些话。不一会儿，我站起身，说我要走了。

"去哪里？""回去。""我还以为你还会同我一起回疗养院的。""你们不是要在这里待到七点钟吗？"我不免有些虚情假意地问道。其实，我上午已经听说赖希的女秘书很快就会前来。最终，我还是留了下来，但没和阿丝雅一起回疗养院。如果我现在给她时间好好休息的话，我就更有可能期待她晚上的到来。在此期间，我为她买了鱼子酱、橙子、糖果和蛋糕。我还在摆放玩具的窗台上放了两个泥人，阿丝雅后来给自己挑了一个。她果真来了————一来就解释说："我只能待五分钟时间，必须马上回去。"不过，这次只是个玩笑而已。我很有把握地感觉到，最近几天，就在激烈的争吵之后，她觉得自己越发为我所吸引了。不过，我不知道程度有多深。她来的时候，我正心情大好，因为我刚收到了许多信件，有一些来自维甘德（威利·维甘德）、穆勒-雷宁（阿图尔·穆勒-雷宁）以及埃尔泽·海因勒的好消息。信还在床上，我是在床上读的信。朵拉写信告诉我钱已寄出，于是，我决定再短期延长一下逗留时间。我把这个消息告诉阿丝雅，她听说后就搂住了我的脖子。几星期以来，形势一直于我不利，对阿丝雅的这般举止我早已不做任何奢望，因此，过了好一会儿，它才让我高兴起来。我就像个细颈的瓶子，而有人正把一桶水往里面倒。于是，我有意逐渐自我收缩，直至将外界那饱满而又强烈的印象抵制在外。不过，这种情况后来从我身上消失了。起初，我还是像往常一样再三请求阿丝雅给我一个吻。然后，突然就像转换了电路似的，在我正说着话或正打算朗读的时候，阿丝雅却一再地要求我吻她。心底那几乎已被忘却的柔情重又浮上心头。在这期间，我把买的食物拿给她，还有泥人。她挑了一个，现在这个泥人就摆在疗养院里她的床位对面。我又一次谈到了我的莫斯科之行。前一天，在我们去赖希那里的路上，阿丝雅其实已经对我说了至关重要的话，我现在只需要把它们重复一下："在我的生命中，莫斯科已然成了这么一个所在，我只能通过你来体验它——这是真的，全然不考虑儿女情长、多愁善感等因素。"不过，我接着说——这些话也是她之前先对我说过的，六个星期的时间的确只能让人在一座城市里略有家的感觉，特别是在语言不通且因此而处处碰壁的情况下。阿丝雅叫我把信都收拾起来，她躺上了床。我们久久地亲吻着。我内心最深的感动来自她双手的抚摸。她以前也对我说过，所有与她亲近的人都能感受到她的双手所释放出的强大的力量。我的右掌紧贴着她的左掌，许久未离。阿丝雅想起了一封很小的漂亮的信，那是我在那不勒斯的一天晚上，在德普雷蒂斯大街上给她的，当时街道上空无一人，我俩坐在一家小咖啡馆门前的桌旁。我要在柏林把这封信找出来。

随后，我朗读了普鲁斯特描写的女同性恋场景。阿丝雅领会了其中狂烈的虚无主义：普鲁斯特如何在一定程度上闯进了小市民内心那井然有序的、写着"性虐待狂"字样的小房间；又是如何毫不留情地将一切砸得粉碎，致使那光净整洁的堕落的构想荡然无存，而在所有的断裂处，恶都赤裸裸地昭示着"人性"，或可谓之"善"，即恶自身的实质。在向阿丝雅阐述这些内容的时候，我意识到，这与我的那本巴洛克书的倾向是多么契合。前一天晚上，我独自在房里读书，读到一处关于吉奥托之仁爱的独特阐述。当时，我就像此刻一样意识到，普鲁斯特在这一阐述中所生发的观点与我自己试图对讽喻这一概念所做的理解完全吻合。

1 月 19 日

我对这一天几乎无可置评。由于推迟离境，我得以稍事休息。前一阵忙于办事和参观，人很疲惫。赖希重又在我这儿睡了。早上阿丝雅来了。没过一会儿，她就得去参加一个关于她任职的会议。她在场的片刻时间里，我们谈到了毒气战。起初，她激烈地反驳我的观点，不过，赖希进行了干预。最后，她说，我该照着我所说的写，我决定就此问题给《世界舞台》写一篇文章。阿丝雅走后不久我也离开了。我去见格内丁。我们匆匆聊了几句，确认了一下上周日我俩错过了见面的事，他邀请我下个星期天晚上去瓦赫坦戈夫那里，还指导我如何办理行李报关。去见格内丁以及从他那里回来的路上，我经过了"契卡"大楼。大楼前总有一名士兵端着步枪刺刀在巡逻。然后去了邮局。我发了封电报让人汇钱。中午，我在周日经常光顾的那家地窖餐馆吃了饭，然后坐车回家休息。在疗养院的大厅里，我刚在这一头遇到了阿丝雅，紧接着又在另一头遇到了赖希。阿丝雅得去洗澡，我就一直和赖希在她房里玩多米诺。阿丝雅来了，说起了上午的会议给她带来的工作前景，她有可能得到一个助理导演的职位，在特韦尔斯卡娅大街的一家剧院，那里每周为无产阶级儿童演出两场节目。晚上，赖希去见伊列什。我没有同往。将近十一点，他出现在我房里，不过，我们已经没有时间按计划一同去看电影了。我们就前莎士比亚戏剧中的"死尸"这一话题进行了简短且几乎毫无结果的交谈。

1 月 20 日

上午，我在自己房里写了较长时间的文章。赖希下午一点要去《百科全书》编辑部办事，于是，我就想趁此机会也去一下，倒不是为了去强行推销我写的"歌德"词条（对此，我已完全不抱希望），而是为了听从赖希的建议，同时也让自己在他的眼里显得不那么懒惰。否则，他也有可能将"歌德"词条的遭拒归咎于我自身之缺乏热忱。当我最终与有关的一位教授面对面坐下时，我忍不住要笑。他一听说我的名字马上就跳了起来，拿过我写的词条，还叫来一位秘书帮忙。他开始约我写巴洛克方面的文章，而我表示接受"歌德"词条是继续合作的前提。然后，我历数了已发表的文章，并按赖希的要求直言自己的能力。我正说着，赖希走了进来。不过，他离我远远地坐了下来，和另一名官员交谈了起来。我将在数日之后得到答复。随后，我在大厅里等赖希，不得不等了很长时间。我们一起离开时，他告诉我，他们正考虑委托瓦尔策尔来写"歌德"词条。我们去见潘斯基。真不敢相信，不过这也有可能，他才二十七岁，这是赖希后来告诉我的。活跃于革命时期的那一代人都渐渐老去，似乎国家形势的稳定也给他们自身的生活带来了一种通常只有到了老年才能获得的安宁，或者说泰然。潘斯基待人一点儿都不亲切，莫斯科人不该是这个样子的。他预先告诉了我下周一将要放映的几部电影，这些是我在完成《文学世界》向我约稿的那篇反对施密茨的文章前想看的。我们去吃了饭。饭后我回家，因为赖希想单独同阿丝雅谈谈。我后来去了一个小时，接着就去了巴塞基那里。晚上在银行经理马克西米利安·希克家的一大失望是没有晚餐。我中午几乎没吃什么东西，饿得饥肠辘辘。因此，好不容易等到上茶点的时候，我就狼吞虎咽地吃了不少糕点，一点儿也不觉得害臊。希克出身富裕之家，曾在慕尼黑、柏林和巴黎读过大学，还在俄罗斯卫队服过兵役。现在，他与妻子及一个孩子住在一间用门帘和隔板一隔为三的屋子里。他兴许是那些被此地人称为"曾经的人们"的一个很好的典型。这不仅是就其社会关系而言（在这一点上他还不完全是这样，因为他所拥有的地位肯定不是微不足道的）。成为"曾经"的是他那富于成果的创作时期。他曾在《未来》这样的期刊上发表过诗歌，也给一些如今早已销声匿迹的杂志写过文章。不过，他仍保留着当年的热情，他那小小的书房里有着一批虽不算庞大，却属精良的 19 世纪法、德著作的收藏。有些藏书非常珍贵，希克说起了它们的价钱，一听便知书商把它们当成了废纸。喝茶时，我试图从希克那里得到一些关于新时期俄罗斯文学的信息，却完全是白费劲。他按自己的理解一味谈论着布留索夫，其余几乎一概不提。我们谈话时，旁边始终坐着一位十分娇小的女子，看得出她是没有工作的。不过，她对书籍也不感兴趣，好在有巴塞基应酬她。希克希望我在德国能帮上他一些忙，为此，他送给我一大堆不值钱的、乏味的儿童书籍，我又不能全然拒绝。只有一本我倒是愿意拿走，尽管也没什么价值，却很漂亮。离开时，巴塞基答应带我去看一家妓女咖啡馆，以此引诱我兴高采烈地到了特韦尔斯卡娅大街。在咖啡馆里，我虽然没看到什么引人注目的东西，但好歹还吃了些冷盘鱼和一只螃蟹。巴塞基坐着一架大雪橇，把我带回了萨多瓦娅大街和特韦尔斯卡娅大街的十字路口。

1 月 21 日

这天是列宁的祭日。所有的娱乐场所都关了门。不过，对商家和机关办公室而言，出于"经济管理制度"的考虑，要到第二天，也即周六才是假日，而周六本来就只工作半天。我一早就坐车去银行找希克，在那里得知周六已确定去拜访穆斯金，参观他的儿童书籍收藏。换好钱我去了玩具博物馆。这一回终于有所进展。他们答应周二答复我是否可以为我拍上一些照片。不过，我后来看到的还只是底片。照片很便宜，我就订了二十张左右。这一次，我仍然特别研究了一番维亚特卡的泥塑。——前一晚我正要离开时，阿丝雅要我下午两点和她一起去那家儿童剧院，他们在特韦尔斯卡娅大街的"阿尔斯"影剧院演出。可是，我去的时候，剧院里人去楼空。看得出，这天不太可能有演出。最终，门卫也告诉我剧院关门了，就把我从大厅撵了出来，我原本还想在里面暖和一下的。我在外面站了一会儿，玛尼娅带着阿丝雅写的字条来了。上面写着：她弄错了，演出是在周六，而非周五。随后，我在玛尼娅的帮助下买了蜡烛。烛光已使我的两眼严重发炎了。为了省点儿时间工作，我没有去"赫尔岑之家"（说不定这天也关着门），而是去了邻近住所的一家餐馆。饭菜虽贵，倒还不错。回到房里，我没有按计划写有关普鲁斯特的文章，而是写了一篇文章来驳斥弗朗茨·布莱所写的既拙劣又无耻的里尔克悼词。后来，我在阿丝雅那里把这篇文章读给她听，她对此的评论促使我在当晚以及次日对此文进行了修改。顺便提一下，阿丝雅的情况不好。——后来，我和赖希在我中午去过的同一家餐馆吃饭。他是第一次去那里。然后，我们买了些东西。晚上，他在我这儿一直待到将近十一点半。我俩就各自孩提时代的阅读记忆进行了详细的交谈。他坐在沙发椅上，我躺在床上。谈话中，我发现了一个值得注意的事实，即我从小所阅读的东西就已偏离了普遍的阅读材料。霍夫曼的《新德意志青年之友》几乎是唯一一本当初我也读过的典型的青少年读物。此外当然还有优秀的霍夫曼系列、皮袜子、施瓦布的古典传奇故事。不过，卡尔·麦的书我没看过第二本，我也没读过《罗马之战》以及沃里斯霍芬的航海小说。格斯泰克的书我也只看过一本，其中肯定写了一个淫秽的情爱故事（或者，我读此书只是因为作者在某本书里提到了它?），叫《阿肯色人的挂钟》。我还发现，我对古典戏剧的全部了解都源于我那小小的读书圈子。

1 月 22 日

赖希来的时候，我还没洗漱，却在桌边坐着写东西。这天早晨，我比往常更没兴致与人应酬。工作时我也不愿受人干扰。不过，一点半左右我打算离开时，赖希问我去哪儿，我这才知道，他也要去阿丝雅邀请我去的那家儿童剧院。这就是说，我所获得的全部优待无非是提前一天在剧院大门口白白站了半个小时。尽管如此，我还是先走一步，打算去经常光顾的那家咖啡馆吃点热的东西。可是，这一天咖啡馆也都关着门，这一家更是还在"维修"期间。于是，我沿着特韦尔斯卡娅大街慢慢地走到了剧院。之后赖希来了，接着阿丝雅和玛尼娅也来了。既然我们已成了四人团队，我对这事就没什么兴趣了。反正，我也不可能待到结束，因为我三点半要去见希克。我没有强行要求坐到阿丝雅旁边去，而是坐在了赖希和玛尼娅中间。阿丝雅要赖希给我翻译台词。这出戏似乎讲的是一家罐头食品工厂的成立，看似有强烈的反英国的沙文主义色彩。休息时我离开了。此时，阿丝雅为了让我留下，甚至要我坐到她旁边去，可我不想迟到，更不想筋疲力尽地去见希克。希克本人却还完全没有把手头的事情处理停当。在公交车上，他说起了自己在巴黎的日子，讲到纪德曾经拜访过他等等。拜访穆斯金是值得的。尽管我只看到了一本真正重要的儿童书籍，那是一本 1837 年出版的瑞士儿童年历，窄窄的一小册，里面有三幅非常精美的彩色图画。不过，我还浏览了大量的俄罗斯儿童图书，见识了这些书里的插图水准。它们高度模仿德国图书里的插图，许多书里的插图是由德国的平版印刷厂印刷的。许多德语图书被模仿。我在那里看到的《蓬头彼得》的俄语版很粗糙，挺难看。穆斯金往一本本书里夹纸条，把我对这些书所做的评注写在上面。他是国家出版社儿童图书部的主任。他给我看了一些他制作的图书，其中有些书的正文是由他本人撰写的。我给他讲解了关于纪实著作《想象力》的庞大计划。他看起来对我所说的不甚了了，给人的印象一般。去看他的藏书真是桩悲惨的事情。他没有放书的地方，书就那么胡乱地摆在过道里的书架上，七倒八歪。茶几上摆满了丰盛的食物，不等主人布让我就吃了很多，因为这天我既没吃午饭也没吃晚饭。我们在那里待了将近两个半小时。他最后还让我带走了两本他们出版的书，我心里想着要把它们送给达佳。晚上在家写关于里尔克的文章以及日记。可是——此刻也是同样情况——写作素材太糟糕，我什么也想不起来。

1月23日

我已好久没写日记了，只得概括起来说一说。这天，阿丝雅要为出院做准备。她要去拉赫林那里住，这样的话，总算有一个令人愉快的环境了。几天后，我就想象得出，倘若这么一幢房子早一点为我敞开的话，我在莫斯科会有多少机会啊。现在为时已晚，已无法抓住任何机会了。拉赫林住在中央档案馆的大楼里，在一间又大又整洁的屋子里。她和一名大学生生活在一起。据说那个学生很穷，出于自尊不想与她同住。我们刚认识的第二天，是星期三，她就送了我一把高加索匕首，一件非常漂亮的白银工艺品，尽管不那么值钱而且是给孩子玩的。阿丝雅声称，我应该把这件礼物算作她的馈赠。对我与阿丝雅的会面来说，她在拉赫林家住的日子也没有比在疗养院的时候方便多少。因为那里总有一位红军将领，结婚不过两个月，却极尽所能地向阿丝雅大献殷勤，并请求她与他一同前往符拉迪沃斯托克。因为他被派驻到那里了。他说，他打算把他的妻子留在莫斯科。这几天当中，准确地说是星期一，阿丝雅收到了一封阿斯塔霍夫寄自东京的信，是艾尔薇拉从里加转寄的。星期四，我们一起从赖希那里离开的时候，她给我详细地讲了信里的内容，这天晚上她也还在和我说这封信的事。阿斯塔霍夫似乎很想念她。她要他送一条带樱花的围巾，于是，他很可能——这是我对她说的——在半年的时间里只留意东京街头的橱窗里是否有樱花围巾了。这天上午，我口授了驳斥布莱一文的简要摘录和几封信。下午，我心情很好，和阿丝雅聊了聊，不过现在只记得，就在我已离开了她的房间，要把她的箱子带到我这儿来的时候，她再一次从房里走出来，把手伸给了我。我不知道她想干什么，也许什么也不想干。直到第二天我才明白，原来这都是赖希策划的阴谋，因为他自己身体不舒服，就让我替阿丝雅扛箱子。第三天，阿丝雅搬完家后，他就在玛尼娅的房里睡下了。不过，流感症状很快就好转了。各种离境手续使我又要完全依赖巴塞基了。离开疗养院后一刻钟，我在约好的公交车站上与他碰了头。晚上，我和格内丁约好在瓦赫坦戈夫剧院见面，不过之前还得和赖希一起去见他的女翻译，以便——有可能的话——请她第二天上午为我做翻译，届时我要去国家电影院看电影。这桩事办成了。然后，赖希把我送上了雪橇去瓦赫坦戈夫剧院。演出开始了一刻钟后，格内丁带着妻子来了。我正决定动身离开，想起上周日在无产阶级文化剧院的情形，心想格内丁是不是有毛病。当时已买不到票了。不过，他最后还是搞到了几张。只是座位不在一起，于是，幕间休息时我们仨不断调换座位，因为有两个座位是挨在一起的，另一个座位是单独的。格内丁的太太胖胖的，很亲切，也很沉静，尽管相貌平平，却颇有几分魅力。演出结束后，他俩还陪我走到了斯摩棱斯克-普罗夏基路口，我在那里上了车。

1月24日

这一天过得实在太紧张了，就算我最后几乎达到了所有的目的，我还是觉得很恼火。先是在国家电影院没完没了地等待，等了两个小时才开始放映。我观看了《母亲》、《波将金》和部分《三百万案的审判》。看电影花了我十个卢布，因为考虑到赖希的原因我想给他为我介绍的女翻译一些报酬，她倒没有提钱的事，而我毕竟占用了她五个小时的时间。在那么个小房间里待了那么长时间，而且大多数时候我俩是唯一的观众，连着看了那么多电影却没有音乐伴奏，这简直太累人了。我在"赫尔岑之家"遇见了赖希。饭后他去阿丝雅那里，我在住所等候他俩，要与他们一同坐车去拉赫林家。可是，一开始只来了赖希。我去了趟附近的邮局取我的汇款单。这花了差不多一个小时的时间，场景值得描述一番。那位邮局女职员拿着我的汇款单就好像我要夺走她的亲骨肉似的。要不是没过多久柜台旁来了一个会讲一些法语的妇女，我兴许就办不成这桩事，只得空手而归了。我疲惫不堪地回到旅馆。几分钟后，我们带着箱子、大衣、毯子等物动身前往拉赫林家。与此同时，阿丝雅直接坐车过去了。那里聚集了一群人，除了那位红军将领，还有拉赫林的一位女友，她要我把一样东西转交给她在巴黎的一位画家女友。接下来还是很累人，因为拉赫林——一个并非不讨人喜欢的人——不断和我说着话。与此同时，我隐约感到那位将军对阿丝雅很感兴趣，所以就一直留意着他俩的一举一动。此外，还有个赖希在场。我不得不放弃单独和阿丝雅说上一句话的希望；临走时和她交谈的几句话毫无意义。我之后还到巴塞基那里去了一会儿，和他商量一些离境时的技术问题，然后就回家去了。赖希是在玛尼娅的房里睡的觉。

1 月 25 日

此地住房的紧张造成了这么一个效果：当你晚上漫步在街头，你会发现与其他城市不同的是，这里大大小小的屋子里几乎每一扇窗户都亮着灯光。倘若这些窗户里透出的灯光不是这么明暗不一的话，这可能会让人想起节日灯饰。前几天我还发现了一点：叫人向往莫斯科的不仅仅是雪，还有那天空。在其他任何大城市的上空都没有这般辽阔的天穹。这是此地的房屋大都十分低矮所致。在这座城市里，始终能感觉到俄罗斯平原广阔的地平线。街上有个男孩提着一个装满了鸟儿的木架子一路走着，叫人觉得既新奇又欣喜。原来，这里连鸟儿也能在街上卖。更引人注目的是，这天我在街上遇到的一个"红色"葬礼队伍。灵柩、灵车以及马笼头都是红色的。还有一次，我看到过一辆有轨电车，车身上画满了政治宣传画，可惜它开得太快，我没能看清细节。这座城市充斥着异国情调，令人惊讶不已。每天我都能在旅馆里看到许多蒙古人，想看多少就有多少。不过，最近旅馆门前的大街上又出现了一些身穿红黄相间长袍的人，巴塞基告诉我那是些僧人，他们正在莫斯科召开一个会议。而电车上的女售票员们则让我想起北方的原始民族。她们裹着毛皮大衣站在电车里的岗位上，俨然站在雪橇上的萨摩耶德女人。——这天，我办成了几桩事情。上午忙着准备行程。我居然把我的护照照片也让人封了起来，真是愚蠢。于是，就去斯特拉斯诺伊大道的一家快照店拍照。然后是其他一些事情。前天晚上，我从拉赫林家出来时和伊列什取得了联系并约好，两点左右去"人民教育委员会"接他。费了一番周折我才找到他。我们一路从部委走到国家电影院，浪费了许多时间，伊列什要去那里找潘斯基谈点事情。此前不久，我想到是否可以让国家电影院给我弄一些电影《在世界六分之一的土地上》的剧照，于是，就把这个愿望告诉了潘斯基。可是，不走运。潘斯基给我来了一大套莫名其妙的说词：千万别在国外提起这部电影；这部电影里有外国影片的剪辑，说不清到底剪自哪些外国影片，担心会引起不快——总而言之，他小题大做了一番。除此之外，他还竭力游说伊列什立刻与他合作将戏剧《暗杀》搬上银幕。不过，伊列什却有礼貌地坚持拒绝这一提议，这才使我终于有机会能同他在附近的一家咖啡馆（"鲁克斯"）进行一次交谈。谈话获得了预期的成果；我从他那里得到了一张有趣的、关于当前俄罗斯文坛分化的图表，是基于每位作家的政治倾向而做出的划分。与伊列什的谈话结束后，我立即去见赖希。晚上，我又去了拉赫林家，是阿丝雅要我去的。我实在太累了，就坐了雪橇。在楼上，我看到了那位哪儿都少不了他的伊廖沙将军，他买的糖果堆成了山。我自己虽然没有带阿丝雅要的伏特加，因为没买到，但带去了波尔图葡萄酒。这一天，主要还是第二天，我和阿丝雅打了很长时间的电话，就和我们在柏林的时候差不多。阿丝雅很喜欢在电话里说重要的事情。她提到要去柏林格鲁纳瓦尔特区与我同住，我告诉她这不可能，对此，她很不满意。我是在这天晚上得到了拉赫林相赠的那把高加索匕首的。我一直待到伊廖沙离开为止。我谈不上很满意；后来却十分称心，因为阿丝雅坐到了我身旁的一张双人沙发椅上，那里原先坐着的人都转过了身。不过，她跪在座位上，把我的真丝巴黎假领围在了自己的脖子上。可惜我已在家吃过了晚饭，桌上那么多的糖果我已吃不下多少了。

1 月 26 日

这几天一直都是晴朗、温暖的好天气。莫斯科让我又觉得亲近了许多。就像刚来的头几天那样，我又有了学俄语的兴致。天气很暖和，阳光也不耀眼，这使我能更好地在街头顾盼流连。我视每一天为上天所赐的两倍甚或三倍的馈赠，因为每一天都是如此美好，因为阿丝雅又时常与我亲密无间，因为每一天都是我在计划逗留的期限以外对自己的额外犒赏。我因此也看到了许多新鲜的事物。首先还是商贩，卖的是另一些东西：有一个男人，肩头的担子上垂挂着一大串玩具手枪，手里还握着一把，不时叩响扳机，枪声穿透明净的空气沿街传荡；还有许多卖篮子的商贩，他们出售各式各样的篮子，彩色的，看起来与在卡普里随处能买到的那种篮子有点儿相似，饰有严格的正方形图案的双把提篮，正方形的中心有四个彩色的大圆点。我还看到一个男人提着一个大行李篮，篮子上有绿色和红色的草编纹饰，不过，那不是商贩。——这天早晨我打算在海关把我的箱子托运走，却没有办成。由于我的护照不在身边（被交出去办理出境签证了），他们虽然接收了我的箱子，却没有把它托运走。此外，上午我什么事都没办成，去那家小地窖餐馆吃了午饭，下午去看赖希，为了满足阿丝雅的心愿，我给他带了些苹果。这天，我没见着阿丝雅，不过，下午和晚上和她通了两次电话，说了很长时间。晚上写文章回应施密茨论《波将金》一文。

1 月 27 日

我一直穿着巴塞基的那件大衣。——这是一个重要的日子。上午，我又去了一趟玩具博物馆，有望弄到一些照片。我看了巴特拉姆书房里的物品。一张长方形的、狭长的挂壁地图十分引人注目，它寓言般地将历史展现为一条条河流，宛若色彩各异、蜿蜒曲折的缎带。数据和名称按年代先后写在每条河流的河床上。这幅地图绘制于 19 世纪初，我却以为它还要早上一百五十年。此外，还有一座有趣的八音钟，一幅镶在玻璃盒里挂在墙上的风景。钟的机械装置坏了，钟面也已脱落，原先敲响钟点时，里面的风车、井辘轳、百叶窗和小人会动。八音钟的左、右两侧各挂着一幅浮雕，很相似，也都镶在玻璃里，一幅是"特洛伊大火"，另一幅是摩西"击石取水"的情景。不过，它们是静止不动的。此外，我还看了些儿童书籍、收藏的一副副牌以及许多其他东西。这天（周四）博物馆不开放，我走到巴特拉姆的办公室要穿过一个庭院，旁边就有一座特别漂亮的老教堂。此地的教堂塔楼风格多样，着实令人惊叹。我估计，那些狭长纤细的、形似方尖碑的塔楼可能是 18 世纪的建筑。这些耸立于庭院的教堂与坐落在周遭只有少数建筑的乡野风光里的村庄教堂无甚区别。从巴特拉姆那里离开后，我立刻回住处去放一幅大木版画——罕见的整版印刷，可惜有破损，被贴在了纸板上。这是巴特拉姆的一件收藏的副本，他把它赠送给了我。随后去赖希处。我在那里遇见了阿丝雅和玛尼娅，她们刚到。（我后来一次再去时才结识了迷人的达莎，她是乌克兰犹太人，最近一段时间负责给赖希做饭。）我到那里时，屋里的气氛很紧张。我竭力避免引火烧身。我觉察出了事情的起因，但都是些鸡毛蒜皮的事，我懒得去回忆。之后，就在阿丝雅嘟囔着嘴，生气地给赖希铺床的时候，他俩立刻就起了冲突。最终，我们离开了。阿丝雅千方百计地想着如何找到一份工作，她在路上跟我谈起了这事。我俩只一起走到了下一个电车站台就分手了。希望晚上能见到她，不过，事先得打电话确认她是否还要去见克诺林。我已习惯对这样的约定尽可能地不抱什么希望。晚上她打来电话说，因为实在太累了，她已回绝了克诺林，可是，不巧又从裁缝那儿得到消息，让她当晚务必前往取她的裙子，因为次日裁缝家里就没人了，据说裁缝要进医院。听她这么说，我就彻底放弃了晚上与她见面的希望。不过，情况并非如此：阿丝雅请求我到裁缝家门口去见她，并答应之后随便我带她去什么地方。我们想到了阿尔巴特广场旁的一家酒馆。我俩几乎同时到达了临近革命剧院的裁缝的住处。然后，我就在门口等了将近一个小时。最后，我确信与阿丝雅走失了，因为我中途曾短暂离开过，去看了一个庭院，这房子至少有三个这样的庭院。我又等了十分钟，不断地对自己说这样的等待毫无理智，而她终于来了。我们坐车去阿尔巴特广场。到了那里，我们稍做迟疑，最后走进了一家名为"布拉格"的餐馆。我们踩着宽阔、迂回的楼梯走上二楼，来到一间灯光通明的大厅，那里摆放着许多餐桌，大都空着。大厅右端有个高高的舞台，从那里传来乐队的演奏声、报幕员的话音或一支乌克兰合唱队的歌声，彼此间隔较长时间。我们一开始就换了座位，阿丝雅喜欢坐在窗边。她为自己穿着一双破旧的鞋子走进这么"雅致"的一家餐厅而感到羞愧。她在裁缝那里穿上了她的新裙子，裙子是用已经被虫子蛀了的黑色旧布料做的。她穿着效果很好，总体感觉和那条蓝色的很相似。我们起初谈论了阿斯塔霍夫。阿丝雅点了烤羊肉串，我要了一杯啤酒。我们就这么面对面地坐着，不时想起我的行程，提及此，我俩就互相凝望。此时，也许是第一次，阿丝雅对我和盘托出，她曾一度十分渴望嫁给我。而这样的事最终没有发生，她认为，不是因为她而是因为我把事情搞砸了。（也许，她并没有说过"搞砸了"这么尖锐的词，我已记不得了。）我说她渴望嫁给我是受了恶魔的怂愿。——的确，她也想过，要是她作为我的妻子去见我的亲朋好友，那可真是太滑稽了。她接着说道，不过，生过病后，她的心里没有恶魔了；她变得很消沉；我俩之间也不会发生什么了。我说：可是，我要抓住你不放，就算你在符拉迪沃斯托克，我也要去那里找你。——那你也愿意在红军将领家扮演家庭朋友的角色？要是他和赖希一样傻而没有把你扔出去的话，我不反对。要是他把你扔了出去，我也无话可说。——一会儿她又说："我已经很习惯于你了。"（原文即如此）最后，我对她说："我刚来的头几天对你说过，我要立刻娶你。可是，我不知道是否会这么做。我觉得，我会难以忍受。"接着，她说了些很动听的话：为什么不呢？我是一条忠诚的狗。和男人在一起生活时，我态度野蛮。这当然不对，可我没有办法。倘若你和我生活在一起，你将不会像现在一样动辄感到恐惧或悲伤。——我们就这么聊了许多。我是否只要看到月亮就会想念阿丝雅？我说，我希望下次重逢的时候，情况会有所改善。——那你是否还会二十四个小时与我耳鬓厮磨？——我说，这一点我现在倒是没有想过，我想的是能与她亲近，与她交谈。只有能与她亲近了，我才会有愿望与她长相厮守。"真叫人愉快。"她说。——这番谈话令我次日，实际上那天一整晚就已使我坐卧不宁了。不过，踏上行程的愿望还是要强于对她的渴望，尽管这很可能是因为我对她的渴望曾经遭遇了许多阻碍的缘故。直到现在依然如此。对我而言，在俄国生活太困难，在党内是如此，在党外就更是希望渺茫，而且不见得容易到哪里去。而阿丝雅却已在俄国生了根，她在此有许多牵挂。当然，她仍然向往欧洲，这很大程度上与她在我身上所看到的吸引力有关。有一天，与她一起生活在欧洲，倘若我能争取到她的话，可能会成为我最先要做的、最重要的事。在俄国——我认为这不可能。我俩乘着雪橇回到她的住处，彼此紧紧相拥。天已黑。这是我俩在莫斯科所拥有的唯一一次黑夜——在大街上，在一架雪橇狭窄的座位上。

1 月 28 日

晴朗的融雪天，早早就出了门，去逛阿尔巴特广场右面的那些街巷。我早已有此打算。我来到了广场，这里原先是沙皇的养狗场。附近的房屋低矮，部分有立柱门廊。不过，其中也有一些丑陋的、较新的高房子，位于广场的同一侧。"四十年代生活方式博物馆"就位于此——这是一座低矮的三层楼房，房间按当时富裕市民家庭住宅的风格布置，很有品位。家具精美，与路易·菲利普风格有许多相似之处：小箱柜、烛台、窗间墙、屏风（有一扇很独特，木头框架里镶着厚玻璃）。所有的房间都布置得好像还有人在住似的：纸、便条、睡袍，围巾或放在桌上或垂挂在椅子上。不过，所有这些很快就能逛完。令我惊讶的是，我没看到真正的儿童房间（因此也没看到玩具），或许当时就没有专门的游戏室？还是缺了？还是被单独安置在最顶楼？随后，我继续穿行于周边的街巷。最后，我又回到阿尔巴特广场，在一个书摊前停下脚步，找到了一本维克多·狄索出版于1882年的书《俄罗斯与俄罗斯人》。我花二十五戈比买下了此书，它好歹能让我了解一些情况和名字，这对我理解莫斯科以及撰写关于这座城市的文章而言可能会有用处。我回旅馆放下书，接着去赖希那里。这一次，我俩谈得不错。我下定决心不再制造紧张气氛。我们谈论起电影《大都会》以及该片在柏林，至少在知识分子圈内所遭到的拒斥。赖希欲将这一电影试验的失败归咎于知识分子自身，认为正是他们的过分要求才导致了如此的冒险行为。我反驳了他的这个观点。阿丝雅没有去，据说要晚上才去。不过，玛尼娅在那儿待了一会儿。后来，达莎也来到房里，她是个娇小的乌克兰犹太人，眼下就住在那里给赖希做饭。我很喜欢她。姑娘们说的是犹太德语，可我听不懂她们在说什么。回去后我打电话给阿丝雅，请求她从赖希那里回来后到我这里来。后来，她果真来了，很疲倦，一来就躺到了床上。起初我手足无措，不敢吭声，生怕她又立马走人。我把巴特拉姆送给我的大幅版画拿出来给她看。然后，我们说起了周日的安排：我答应陪她去看达佳。我们又接了吻，说到一起在柏林生活，说到结婚，说到至少一起旅行一次。阿丝雅说，没有哪个城市像柏林那样令她难以割舍，这是否与我有关？我们一起坐雪橇去拉赫林家。特韦尔斯卡娅大街的雪已不多，雪橇驶不快。因此，倒不如走旁边的小街巷。雪橇走了一条我不认识的路，我们经过一家浴室，看到了莫斯科偏僻、神秘的一角。阿丝雅给我讲了俄罗斯浴室的情况。我原本就已知道它们其实就是卖淫场所，就像中世纪德国的浴室一样。我给她讲了马赛的情况。我们十点不到就到了拉赫林家，无客来访。这是一个美好、安宁的夜晚。拉赫林事无巨细地讲了档案馆里的情况。其中讲到他们在沙皇家族部分成员的通信中发现了加密的色情内容，露骨至极，难以描述。我们就此讨论这些内容该不该发表。我意识到赖希所做的聪明的评价确乎真理：他将拉赫林和玛尼娅归于共产党里的"道德"一派，这些人总是保持中间的立场，从来就看不到有真正的"政治"立场的可能性。我紧挨着阿丝雅坐在那张大沙发上。有牛奶甜羹和茶。十一点三刻左右我离开了。夜里的天气也出奇地暖和。

1 月 29 日

　　这天几乎事事都不顺利。上午十一点左右我到了巴塞基那里，没料到他居然已经醒了，正在工作。不过，我照样还是免不了要等。这回是因为他的邮件不知道放哪儿了，等到找到时已经耽误了至少半个小时。接着还要等他打完字，期间他像平常一样给我看了一些最新的社论的手稿。总而言之，离境手续原本就很麻烦，再加上这样的办理方式就更费事了。这几天来我得出了结论，格内丁让我在莫斯科将行李报关简直是个馊主意。他的建议使我深陷种种难以想象的困难与刁难之中，想到他时，那条往日出行的座右铭比以往任何时候都更令我深有感触：决不要把不请自说的人的建议当回事。当然还要补充说明一个实际经验，即你既然已经（和我一样）把自己的事情托付于人，你就得严格按照人家的建议办事。可是，就在我离境前的最后那个关键的日子，巴塞基却把我撂下不管了，致使我费了好一番周折才于 2 月 1 日，就在我离境的几个小时前，和他给我安排的仆从一起办妥了行李的托运。这天上午几乎一事无成。我们去民警机关取了我的护照和出境签证。我直到后来才想起这天是周六，海关不可能在一点以后还办公，但为时已晚。当我们最终到达"人民外交委员会"时，时间已过两点。因为我们沿着彼得罗夫卡大街一路悠然地走着，接着还去了波修瓦大剧院的行政大楼，通过巴塞基的介绍他们答应给我周日的芭蕾舞票，最后还去了趟国家银行。当我们两点半左右终于到达卡兰切夫斯卡娅广场时，被告知海关官员们刚刚离开。我和巴塞基一起坐上了一辆小汽车，让司机在一个公交车站把我放下，我要坐车去拉赫林家。我们约好了两点半由我去接她，和她一起去列宁山。她和阿丝雅在家。我弄到了芭蕾舞票的消息并没有像我所期待的那样令阿丝雅感到开心。她说，要能弄到周一的票才好。周一大剧院将上演《钦差大臣》。上午办事不顺利使我既疲惫又恼火，我懒得理睬她。这期间，拉赫林邀请我散步回来后在她家吃饭。我答应了，并确认了阿丝雅到时候也还在。可是，这次散步的情况是这样的：在住所附近，我们眼看着一辆电车从眼皮子底下经过。我们便朝着革命广场的方向走去——也许拉赫林是想去那里等车，因为那里的线路要多一些。可我不知道。走几步路我倒不觉得累，只是与她交谈起来很费劲，稀里糊涂，似懂非懂，充满了误解。当她问我是否敢跳上一辆正从我们身边经过的有轨电车时，我疲惫无力地回答说"好吧"。这其实是我的错，是我让她注意那辆车的，否则，她肯定没看到。她踏上了车厢的平台，车子随即就加快了速度，我就在她旁边追着车子跑了几步，却没有跳上去。她冲着我喊道："我在那里等您!"我于是慢慢地穿过红场，朝着广场中央的有轨电车站走去。她肯定只在那里等了我一会儿工夫，因为等我到那里时她已不在了。事后才知道，她其实就在附近四下里找我。当时，我就站在那里，搞不明白她可能会在什么地方。最后，我把她冲着我喊的话理解成她会在有轨电车的终点站等我，于是，我登上了那条线路的下一班车，坐了大概半个小时，线路相当直，穿过位于莫斯科河对岸的城区，直到终点站。也许，我在内心深处是有意要独自出行的。事实情况是：与拉赫林一起出行，不管她要带我去什么地方，我都可能会觉得没那么惬意，会很累。而此刻，我迫不得已且几乎漫无目的地穿行于这座城市的一个全然陌生的区域，倒感到十分愉快。直到现在我才发现莫斯科的一些郊区与那不勒斯的港口街巷是多么相似。我还看到了庞大的莫斯科无线电发射塔，其形状与我在别处见过的都不同。在有轨电车途经的公路右侧不时出现几座庄园，左侧则是些堆栈和小屋，其余大都是空阔的田野。莫斯科所具有的乡村气息在这些郊外的马路上突然毫无掩饰地、清楚而绝对地涌现出来。或许也没有哪个城市会像莫斯科这样有着如村野般没有定形的，仿佛始终被消解在恶劣的天气、融化的冰雪或雨水里的开阔的场地了。就在这么一片不属于城区却也算不上乡村的旷野，道路止于一家小客栈门前。拉赫林当然不在那里。我即刻坐车返回，只剩下回家的力气了，就没有应邀去她那里吃饭。我没吃午饭，只吃了几块华夫饼。我刚到家，拉赫林就打来电话。我毫无理由地对她恶声恶气，采取着守势，因此，当听到她言语友善、忍让时，我倍感惊喜、舒坦。从她的话里我首先明白了她不想在阿丝雅面前让这件事显得过于可笑。不过，我还是拒绝了立刻去她那里吃饭的请求。我太累了。我们约定，我七点再去。最令我感到惊喜的是那里只有我、阿丝雅和她三个人。我已记不清我们谈了些什么，只能回想起我离开时——拉赫林先走出了房门——，阿丝雅给了我一个飞吻。接着，我想在阿尔巴特广场找家饭店吃点热的东西，却是白费劲。我要的是汤，人家却给我上了两小片奶酪。

1 月 30 日

我现补记一些关于莫斯科的情况，这是我回到柏林后才领悟到的（我在柏林自 2 月 5 日起陆续把这些日记写完，从 1 月 29 日记起）。对来自莫斯科的人来说，柏林是座死城。街上的行人个个形单影只，人人都与他人保持着极远的距离，孤零零地置身于宽阔的大街上。此外：当我从动物园火车站乘车去格鲁纳瓦尔特区时，我发现那个我所必经的地区像是被擦过、被刷过了似的，显得过于干净、过于舒适。城市及其居民的形象也是人们精神状况的写照：我看待这一切时所获得的新眼光，是俄国之行的最不容置疑的成果。尽管我对俄国的了解还是少之又少，但我所学到的是，凭着对俄国情况的有意识的了解来观察和评价欧洲。这是一个明智的欧洲人在俄国的首要任务。因此，从另一方面来看，对外国来访者而言，在俄国的逗留就是一块精确的试金石。每个人都被迫选择并准确表明他的立场。总的来说，在俄罗斯的经历越偏狭、越私人化且与俄国的社会生活越不合拍的话，就越容易产生各种草率的理论。谁若是深入地去了解俄国的情况，就不会立刻感到触及了抽象的概念，相反，抽象的概念却很容易进入欧洲人的脑海。——在我于莫斯科逗留的最后几天，我觉得街上似乎又多了些出售彩纸工艺品的蒙古商贩。我看到一名男子——不是蒙古人，是个俄国人——除了卖篮子还卖蜡光纸做的小笼子，笼子里关着纸做的小鸟。不过，我也看到了一只真正的白色鹦鹉：在米亚斯尼茨卡娅大街，它蹲在一只篮子上，一个女人在篮子里放了白色的棉麻织物，正在向路人兜售。——我还在别处的街头看到过卖儿童秋千的。那种常在大城市里传播令人难以抗拒之忧伤的钟声，在莫斯科几乎听不见。这一点也是我回来后才意识到并学着去爱那钟声的。——我到达亚洛斯拉夫斯基火车站时，阿丝雅已经在那里了。我迟到了，因为周日早上没有巴士，我只得等了一刻钟的有轨电车。已经没有时间吃早饭了。白天，至少上午，是在心情抑郁中度过的。直到从疗养院回来的路上我才好好享受了一番乘坐雪橇的快乐。天气很暖和，太阳在我们背后。当我把手放在阿丝雅的背上时，甚至能感觉到阳光的温暖。给我们驾雪橇的车夫是常给赖希驾雪橇的那人的儿子。这一次我得知，沿途经过的那些迷人的小房子并非别墅，而是富裕的农家。一路上阿丝雅非常开心，正因此，到达目的地后，她很是依依不舍。温暖的阳光下，孩子们在屋外融化的雪地里玩耍，达佳不在他们中间。他们去屋里喊她。达佳的脸上泪痕未干，她穿着破旧的鞋袜，几乎光着脚走下石阶来到大厅。原来，她没有收到寄给她的一包袜子，而且，在过去的十四天里，根本没有人照料过她。阿丝雅情绪激动得一句话也说不出，也没法去和医生交涉，尽管她有此打算。她几乎由始至终都挨着达佳坐在大厅里的一张木椅子上，绝望地为她缝补着鞋袜。不过，她后来又责怪自己去补那鞋子。那双便鞋已破旧不堪，无法为孩子保暖。她担心，他们还会让达佳穿上这双破鞋子，而不让她穿像样的鞋子或毡靴走路。我们原本打算和达佳一起坐雪橇去转悠五分钟，却没能去成。其他来探望的人都已走了很久，我们是最后的两个。阿丝雅还坐在那里缝着，有人来喊达佳去吃饭。我们离开了；阿丝雅绝望至极。我们到达火车站时，一列火车刚开走没几分钟，我们不得不等了几乎整整一个小时。我们就玩了好久"坐哪里"的游戏。阿丝雅坚持要坐在一个我根本无法落座的地方。待到她最后让步时，我却又固执起来，坚持待在选定的位置不动。我们点了鸡蛋、火腿，还要了茶。返回途中，我谈起了伊列什的剧作让我想到的一个戏剧素材：将革命时期运送物资的故事（比如说给因犯的给养）搬上舞台。下了火车，我们坐雪橇去赖希那里。他已搬入新的住所。阿丝雅也于次日搬了进去。我们在楼上待了很久，等着吃饭。赖希又向我问起了那篇关于人文主义的文章，我对他解释说，在我看来，人们应该特别注意一点，即文人与学者这两个原先统一的类型——至少被统一为学者这一身份——的分道扬镳恰与资产阶级获得真正的胜利而文人的地位日益下降的事实同时发生。可以确定的是：在革命的准备时期，在那些最有影响力的文人身上，学者与诗人的身份至少是各占一半。的确，学者的身份甚至有可能占得比重更大。我开始觉得背疼了起来。我在莫斯科的最后几天，不断地受到背疼的侵扰。终于等来了饭菜，是女邻居送来的。非常可口。饭后，我和阿丝雅离开了，我们先各自回去，约好晚上看芭蕾时碰头。从一个醉鬼身边走过，他倒在大街上，抽着烟。我把阿丝雅送上电车，然后自己坐车回旅馆。在旅馆房里，我看到了戏票。晚上有斯特拉文斯基的《木偶的命运》和《精灵》——一位名不见经传的作曲家的芭蕾舞剧，还有里姆斯基-柯萨科夫的《西班牙随想曲》。我很早就到了，在大厅里等着阿丝雅，想到这是我在莫斯科能与她单独说说话的最后一晚，我只希望能与她早早地坐进剧场，长久地等待幕布的开启。阿丝雅来晚了，不过我们尚能及时找到位子落座。我俩身后坐着几个德国人。在我们一排有一对日本夫妇带着两个女儿，小姑娘们的头发黑得发亮，梳着日本式的发髻。我们坐在距离舞台的第七排。在第二部芭蕾舞剧中，著名的、现已上了年纪的芭蕾舞女演员盖尔泽登上了舞台，阿丝雅在奥廖尔时就认识她。《精灵》是一部相当可笑的芭蕾舞剧，却很能体现这家剧院惯有的风格。这也许是尼古拉一世时期的作品。观看时所获得的娱乐像极了游行队伍给人带来的消遣。最后是里姆斯基-柯萨科夫的芭蕾舞剧，造作至极，一阵风似的就演完了。有两次休息的时间。第一次休息时我和阿丝雅分开了，想去剧院门口拿一张节目单。返回时我看到她正和一个男人站在墙边说话。当我后来听阿丝雅说那人就是克诺林时，我惶恐地对自己说，我那么盯着他看真是太不要脸了。他总是执意称阿丝雅为"你"，弄得阿丝雅没办法，只得也以"你"相称。他问阿丝雅是不是一个人来的剧院，阿丝雅告诉他不是，她是和柏林的一位记者一起来的。她曾经向他提起过我。这晚，阿丝雅穿着新裙子，是用我送她的布料做的。她肩上围着黄色的披肩，是我从罗马带到里加去送给她的那条。她的脸上部分由于天生部分由于生病以及这天所受的刺激而呈现出一种黄色，没有一点儿血色。所以，她的整个外表是由三种十分接近的色调构成的。看完演出后，我只剩下与她商量第二天晚上该如何安排的时间了。假如我真的要去特洛伊察郊游的话，我肯定一整天都不在，因此，就只剩下晚上的时间。而她不想出门，因为她打算第三天一早再坐车去看达佳。于是，我们说定，晚上我一定去找她。就连这也是在匆忙中商定的。还在说话的时候，阿丝雅就想跳上一辆电车，不过又放弃了。我们站在剧院广场上的人潮里。对她的不满与对她的爱意在我的内心如疾风般剧烈地翻腾。最后，我俩互道再见，她已站上了电车的平台，我则留在原地，犹豫着是否该随她跳上车去。

1 月 31 日

30 号我预订了返程的车票，由此，我已不可更改地定于 2 月 1 日离境。不过，最后必须要将行李报关。于是，我按照约定于七点三刻到了巴塞基家，以便能与他及时到达海关，并且还能赶上十点钟的火车。事实上，火车要到十点半才开。不过，我们没能及时了解情况，因此，没能充分利用这多出来的半个小时。不过，幸亏有这半个小时的时间，我们最终才得以去特洛伊察郊游。因为，要是火车真的是十点钟发车的话，我们压根儿就赶不上。办理海关手续非常拖沓，真是折磨人，而且当天还没办完。我当然还得付车钱。这整个儿就是白忙活一场，因为人家根本没在意那些玩具，我想，边境上的情况肯定也与这里差不多。那名仆从也一起去了海关，他要在那里取我的护照，随即还要坐车去波兰领馆取我的签证。总之：我们不仅赶上了那趟火车，而且还在车厢里等了二十分钟才开车。不过，我不无气恼地对自己说，我们本可以利用这段时间把报关手续办完的。不过，因为巴塞基已经怒不可遏了，我只好不露声色。一路上枯燥乏味。我忘了带些东西来读，睡了一段时间。两小时后我们到达了。我还没提想在那里买些玩具。我怕他失去耐心。可这时我发现，我们一开始经过的就是一个玩具仓库。我连忙开了口，却没法说动他马上和我一起到仓库里去。我们的眼前是一个庞大的堡垒似的修道院建筑群，地势略高。这一景象远比我所估计的要宏伟得多。其用于城市自卫的封闭性可能会令人想起阿西西的寺院，而我最先想到的却是达豪，很奇怪。在达豪，教堂坐落在高山上，俨然耸立于城市之巅的王冠，就像此地连绵的房屋中央耸立着一座大教堂的情形一样。这天的街头一片死寂：修道院山脚下那一字排开的许多裁缝店、钟表店、面包房和鞋匠铺都关着门。这里也正是冬日里最美好、最温暖的天气，只是看不到太阳。看到了那个玩具仓库，我就想在这里买些新的玩具，这成了我的首要愿望，以至于我都没有耐心好好参观那些修道院里的珍藏。我和我自己所痛恨的那种游客成了一个德性。相形之下，我们的导游倒是非常热情。他就是这座由修道院演变而来的博物馆的馆长。我的急不可耐自然还有其他原因。大多数的房间里冰冷刺骨，我很可能就是在这一个小时的参观过程中着了凉，患了重感冒，及至回到柏林，就一发不可收拾。博物馆各个房间的玻璃匣里珍藏着一件件珍贵的织物、金银器皿、手稿和祈祷用品。一位仆从走在我们前面，为我们揭去蒙在玻璃匣上的罩布。最终，这些无穷无尽的珍宝叫人看得简直有些麻木了，它们甚至挑起了参观者的一种残忍的心理。此外，这些宝贝的真正的艺术价值往往只有非常专业的内行才能识辨得出。巴塞基却是意犹未尽，他想饱览"一切"，要把能看的一网打尽。他甚至让人带他去了墓室，玻璃棺椁里躺着修道院的创建人圣谢尔盖的骸骨。我无法一一列举所看到的一切，哪怕只是不完整地说出部分。鲁布洛夫的那幅名画依墙而立，此画已然成了这座修道院的标志。后来，我们在参观大教堂时就看到原先悬挂这幅圣像的地方现在已经空了。为了使圣像得到更好的保存，它被人从那里移走了。大教堂的壁画正遭受着严重的威胁。由于没有使用中央供暖设施，到了春天，墙壁就会突然升温，于是，就形成了裂缝，湿气就从裂缝里渗透进来。在一个壁柜里，我看到了一件巨大的、镀了金的金属外罩，周身镶嵌着不计其数的宝石，这是后来有人捐赠给鲁布洛夫的圣像的。外罩上，天使们的身体唯一没有被装饰的是那些没有衣物遮蔽的地方，即脸和手。其余部位都镀了一层厚厚的金箔。把模板罩在画面上时，天使的脖子和手臂看上去就像被压进了沉重的铁链，有点儿像戴着枷锁受刑的中国犯人。我们的参观结束于导游的房间。这位老者结过婚，因为他把房里墙上挂着的妻女的画像指给我们看了。现在，他独自居住在这间宽敞、明亮的僧侣房内，与外界并非全然隔绝，因为有许多外国人会来参观这座修道院。一张小桌子上放着一包刚刚拆开的学术书籍，是从英国寄来的。这里也需要在留言簿上签名。看来，这一习俗在俄国的资产阶级中间保持的时间比这里还要长，至少，倘若我能由此得出结论的话，在希克家他也给我递上了这么一本簿子要求我签名。——修道院本身的建筑雄伟壮观，远胜于里面所有的一切。踏上这片四周为防御设施所包围的开阔的场地前，我们在修道院的大门口停下了脚步。大门的左、右两侧各有一块青铜板，上面铭刻着该修道院历史上的重大事件。庭院中央耸立着一座洛可可风格的粉黄色教堂，周遭围着些低矮的老房子，鲍里斯·戈杜诺夫的陵寝就在其中。与这座教堂相比，那些长排的生产与生活用房显得更简朴、更美观，它们呈矩形布局，分布在这片开阔的大场地的四周。其中，最漂亮的要数那幢彩色的大斋堂。透过斋堂里的窗户往外看，既能看到这空旷的广场，又能看到一个个竖井以及墙间的条条通道，好一座堡垒状的石墙迷宫。这里曾经还有过一条地下通道。在一次围困中，两位僧侣为了拯救修道院，不惜以生命为代价，把地下通道炸毁了。我们在一家位于修道院入口处斜对面的餐馆吃了饭，要了开胃小菜、伏特加、汤和肉。几间大餐室里都是人，有地道的俄罗斯乡下人，还有从小城市来的人——不久前刚刚宣布谢尔盖耶夫成为一个市。我们正吃着饭，来了一个商贩，卖的是铁丝框架。那些框架能瞬时从一个灯罩变成一个盘子或水果篮，易如反掌。巴塞基认为这是克罗地亚人玩儿的手艺，而当我看到这种难看的把戏时，我觉得心里涌起了一个非常久远的记忆。我小时候，我父亲肯定在某个避暑地（也许是在弗罗伊登施塔特？）买过类似的玩意儿。吃饭的时候，巴塞基从侍者那里打听到了玩具商人的地址，我们随即就出发了。可是，我们还没走上十分钟，巴塞基去问了一下路，得到的简短答复令我们不得不往回走，正巧旁边有一架空雪橇驶过，我们就坐了上去。饭后走路让我感到很累，我就懒得去问到底为什么要返回。看样子，能确定的只有一点，那就是我们最有可能在火车站附近的仓库里实现我的愿望。那两间仓库彼此紧挨着。第一间里放着木头玩具。我们进去的时候，他们把灯打开了，因为天色已暗。正如我所料想的那样，一个堆满了木头玩具的仓库不可能向我展现多少新鲜的玩意儿。我买了几样，与其说是我自愿的，倒不如说是巴塞基怂恿的。不过，我现在却很高兴这么做了。我们在这里也浪费了时间，我不得不等了好久，他们才去附近把一张十卢布的钱换开来。之后，我就不安地期待着去看那个纸玩具仓库。我担心那里也许已经关门了。情况并非如此。只是，当我们兴高采烈地到了那里时，屋子里面已经很黑了，而仓库里面却没有任何照明。我们只得凭着运气站在架子上摸来摸去。我不时擦亮一根火柴。就这样，我到手了一些非常漂亮的东西。要不是这样的话，我兴许就得不到这些东西，因为我们当然没法让那人明白我要找的是什么。当我俩最终坐上雪橇时，每人手里都有两个大包裹——除此之外，巴塞基还有一大堆从修道院买来的小册子，他要弄些材料来写篇文章。火车站的餐厅里灯光昏暗，我们又要了茶和小点以打发漫长的等待时间。我很累，开始觉得有些不舒服。这不免令我忧惧起来，因为我想到我在莫斯科还有很多事情要办。返程途中的情景很有意思。车厢里点着一盏灯，半路上灯里的蜡烛被人偷了。离我们的座位不远有一个铁皮炉子。大块大块的木头胡乱地躺在长椅下面。不时会有一名工作人员走到一张座位旁，掀起座位，从敞开着的类似箱子的容器里拿接下来要用的燃料。八点钟我们到了莫斯科。这是我在莫斯科的最后一晚，巴塞基叫了一辆小汽车。我让司机在我住的旅馆门口停一下，我得先把买来的玩具放下，还得急急忙忙地把一小时后要带给赖希的手稿拿上。在巴塞基家，向他的仆从交代了很长时间，我说好十一点半左右去接他。随即，我坐上电车去赖希家，所幸猜对了该在哪一站下车，比预期的时间早到了。我其实很想坐雪橇去，却不可能：因为我既不知道赖希家所在的那条街的名字，也没有在地图上找到他家旁边的那个广场。阿丝雅已经睡下了。她说，她等了我好久，已不再指望我会来了。要不然，她很想和我马上出门，带我去看一家她偶然走进的下等酒吧，就在附近。不远处还有一家浴室。她是在走错了路的情况下才发现这些地方的，她好不容易穿过了一个个院落和一条条小巷才找回家。赖希也在房里，他渐渐留起了胡子。我实在累极了，阿丝雅又像往常那样问一些神经兮兮的问题（比如她的小海绵什么的），我明确向她强调我很累，态度也就变得粗暴起来。好在这样的情况很快就过去了。我尽可能简洁地说了说我去郊游的情况。接着就是委托我回柏林后要办的事：给各种各样的熟人打电话。赖希后来出去了，留下我和阿丝雅单独待了一会儿，他去听广播里转播的、在大剧院上演的《钦差大臣》，由契诃夫主演。第二天早晨，阿丝雅要坐车去看达佳，我料想在我离开前肯定见不到她了。我吻了她。赖希进来后，阿丝雅就去隔壁房间听广播。我没有再待很久。不过，我离开前还给他们看了我从修道院带回来的明信片。

2月1日

早晨，我又去了一次常去的那家甜品店，点了咖啡，还吃了一个酥皮馅儿饼。然后去了玩具博物馆。我预订的照片没有全部弄好。对此，我并不介意，因为这么一来，我就能得到一百卢布的退款（我预付了照片的钱），而此刻我正急需用钱。我没有在玩具博物馆待很久，而是急忙坐车去了卡梅涅娃学院，去和尼曼博士告别，又从那里坐雪橇去巴塞基家，再和他的仆从一起去了售票处，接着坐出租汽车去海关。在那里又得重新办理各种手续，难以描述。在一个收费窗口前，我等了二十分钟。里面正在数着千元的钞票。整幢房子里没人愿意换五卢布的钞票。我的箱子里不仅装着漂亮的玩具，而且还有我的全部手稿，因此，我务必得让箱子也能上得了那趟我已买了车票的火车。由于到了边境处就得把箱子交出去，我就必须要在箱子到达边境的时候在场。终于办成了。不过，我又一次有了这样的体会：人们的骨子里还是奴性十足。面对海关官员的种种刁难与冷淡，那位仆从简直束手无策。当我给了他一张十卢布的钞票把他打发了之后，我松了一口气。紧张的情绪甚至又唤醒了我的背疼。我很高兴能有几个小时的清净。我慢慢地沿着广场上成排的售货亭溜达着，又买了一包克里米亚香烟，袋子是红色的。然后，在亚洛斯拉夫斯基火车站的餐厅里点了一份午餐。我还剩下足够的钱，能给朵拉发一封电报，再给阿丝雅买一副多米诺骨牌。我全神贯注地走着在这座城市的最后的这些路程，它们令我感到愉悦。因为此刻，比起我在此地逗留的大多数时间，我能让自己走更多的路。将近三点，我又回到了旅馆。那个"瑞士人"告诉我，有位女士来过，她留下话说还会再来。我走进房间，又马上去楼上的账房结账。我下楼时才发现写字台上有一张阿丝雅留下的条子。她在上面写道：她等了我很久，还没吃过东西，现在隔壁的餐馆。她要我去找她。我急忙来到大街上，看见她正朝我迎面走来。她只吃了一块肉，还饿着。把她带到我房里去之前，我又跑到广场上去给她买了橙子和甜点。匆忙中我把房门钥匙带走了，阿丝雅就坐在前厅里。我问道："你为什么不进去？钥匙插在门上呢！"她回答说："没有啊。"我发现，她的微笑中流露出了难得的友善。这一次，达佳的情况不错。阿丝雅同那位女医生进行了一次严肃且富于成效的谈话。此刻，她躺在我房里的床上，虽然疲倦，感觉却很好。我一会儿坐到她身边；一会儿又坐到桌旁，给她在一个个信封上写上我的地址；一会儿又走到箱子跟前，把我在前一天买的东西和玩具拿出来给她看。她很感兴趣。然而，在此期间——并非无缘无故，兴许也是因为我太累了——我感到眼泪快要夺眶而出了。我们还商量了一些事情：我能否给她写信之类。我请她给我做一个放烟草的荷包，请她给我写信。最后，还只剩下几分钟的时间了，我的声音开始颤抖，阿丝雅发觉我在哭。最后，她说："别哭，否则我最后肯定也会哭，而我要是哭起来，就不会像你那么快地停下来。"我们紧紧相拥。接着去楼上的柜台，没什么事要办（我不想等那位戴毛帽的苏联大兵）。打扫房间的女服务员来了，我没给小费就溜走了，提着箱子走出了旅馆大门，阿丝雅跟在我身后，胳膊底下夹着赖希的大衣。我马上让她叫了一架雪橇。我正打算坐上去并且再次与她道过别时，我又让她和我一起坐一程，直到特韦尔斯卡娅大街的拐角。她在那里下去了，雪橇已徐徐启动，我再次当街拉过她的手贴在我的唇边。她久久地站着，挥着手。我也从雪橇上向她挥着手。她似乎转身走了，我再也看不到她。我怀抱着大箱子，流着泪，穿过暮色中的街道向火车站驶去。

译后记

初次翻译瓦尔特·本雅明的文字就有幸得了一部日记，窃喜。阅读是探秘；读日记更是"窥探隐私"；至于译日记，则简直就像成了作者的"闺中"密友，他推心置腹坦露心迹，你侧耳倾听心生戚戚。坦白地说，翻译《莫斯科日记》这一极具个性的文本，译者喜欢上了本雅明这个人，一个有血有肉、有情有趣的人。

本雅明的莫斯科之行可谓一次苦旅。他对阿丝雅·拉西斯的情是苦涩的，爱到深处，男儿柔肠，丈夫落泪；他在莫斯科的处境是艰苦的，天寒地冻，语言不通，囊中羞涩。译笔因此种种苦而凝重。

然而，一个热爱着怒放于冰天雪地里的圣诞玫瑰的人，其内心必定是生动的、丰盈的、充满情致的。跟随着一双敏锐的眼和一颗敏感的心，我们在那个遥远的莫斯科城走街串巷，在剧场与影院逗留，在教堂与博物馆穿梭，在闹市与乡野徜徉，在店铺与货摊流连。观察、感受、品鉴、思考……译笔也似乎呼吸着作者的喜乐而浅吟低唱。

译者之喜欢本雅明，当然还在于其作为学者的洞察力。尽管其莫斯科一行行程短暂，交往圈子有限，但他对彼时俄国社会的政治生态、经济形势、社会环境、民众生活等诸方面的观察与判断不可谓不深刻。学者的客观与理性也体现在本雅明与"情敌"赖希及情人阿丝雅之间的微妙关系中。他乐于同赖希进行学术探讨，对赖希的赏识是真诚的。他痴情于阿丝雅，却也能冷静地看待两人之间的种种问题。这个活生生的、爱着并痛苦着的人，绝非偏执与偏狭之辈。

《莫斯科日记》里这个摘下了一切假面的本雅明，是个可爱的人。

如今，日记已译毕。天下译事皆辛苦。然一旦译成，便是苦，也是乐了。

郑霞

2014 年 7 月 28 日记于上海

图书在版编目(CIP)数据

莫斯科日记 / (德)本雅明著;郑霞译. —北京:北京师范大学出版社,2014.10(2019.4重印)
(本雅明作品系列)
ISBN 978-7-303-17476-8

Ⅰ. ①莫… Ⅱ. ①本… ②郑… Ⅲ. ①本雅明,W. (1892~1940)—日记 Ⅳ. ①B516.59

中国版本图书馆 CIP 数据核字(2014)第 099650 号

营 销 中 心 电 话 010-58802181 58805532
北师大出版社高等教育分社网 http://gaojiao.bnup.com
电 子 信 箱 gaojiao@bnupg.com

MOSIKE RIJI
出版发行:北京师范大学出版社 http://www.bnup.com
       北京新街口外大街 19 号
       邮政编码:100875
印   刷:北京盛通印刷股份有限公司
经   销:全国新华书店
开   本:130 mm×210 mm
印   张:7.5
字   数:116 千字
版   次:2014 年 10 月第 1 版
印   次:2019 年 4 月第 2 次印刷
定   价:42.00 元

策划编辑:谭徐锋   责任编辑:何 琳 王晚蕾
美术编辑:王齐云   装帧设计:蔡立国 蔡 琪
责任校对:李 茜   责任印制:马 洁